UN IMPOSSIBLE AMOUR

HISTOIRE D'UN AMOUR INTERDIT

CAMILE DENEUVE

TABLE DES MATIÈRES

Publishe en France par:
Camile Deneuve

©Copyright 2021

ISBN: 978-1-64808-961-9

�֍ Réalisé avec Vellum

Lorsqu'une crise constitutionnelle entraine la démission du président des États-Unis, un représentant indépendant du Congrès, Orin Bennett est brusquement promu à la plus haute fonction du pays. La jeune agent des services secrets, Emerson 'Emmy' Sati se trouve propulsée dans le monde de la politique et devient la première et la seule femme agent en charge de la sécurité du jeune président célibataire.

Ils tentent de rester professionnels mais il devient vite évident qu'Orin et Emmy sont irrésistiblement attirés l'un vers l'autre. Néanmoins, entre leurs ennemis, issus tant du monde politique que de leur sphère privée, et leurs deux carrières à mener, pourront-ils jamais être ensemble ?

Une semaine en résidence à Camp David a raison de leur détermination et, une fois rentrés à la Maison Blanche, ils ne peuvent que poursuivre leur relation interdite, sachant pertinemment qu'à n'importe quelle rencontre ou réunion, ils peuvent se faire surprendre, ce qui aurait pour eux des conséquences désastreuses.

La romance semble utopique pour Emmy et Orin et quand des menaces de mort sont adressées au nouveau président, Emmy se doit de rester professionnelle en toutes occasions – ou elle pourrait perdre Orin de la pire des manières.

Emmy

Il y a un homme dans ce monde avec lequel je ne peux pas être – et c'est le seul que je désire.
C'est mon patron, mon leader. Notre leader.
Le Président des États-Unis.
Il ne s'agit pas d'une amourette, mais je sais que c'est impossible.
Sauf...

La façon dont il me regarde montre qu'il veut être avec moi, près de moi, en moi.

Chaque fois qu'il prononce mon nom, mon corps réagit d'un désir brûlant.

Un désir ardent.

Je dois lui résister, il est de mon devoir de lui résister...

Je ne sais pas si j'en serai capable....

~

Orin

J'ai réellement souhaité devenir Président mais je ne pensais pas que j'y parviendrais.

Je suis un mec ordinaire originaire d'Oregon. J'ai travaillé pour la NASA après avoir été militaire.

J'ai été éduqué pour servir mon pays.

Alors pourquoi est-ce maintenant que je rencontre la plus belle, la plus sexy de toutes les femmes que j'ai jamais rencontrées...

Et c'est sa mission de prendre les balles à ma place.

Emmy Sati – l'agent Emmy Sati – hante mes nuits alors que je ne devrais me préoccuper que de codes nucléaires et d'accords commerciaux.

Je ne peux pas me permettre de me laisser distraire par la beauté ravageuse d'Emmy Sati, ni par son corps somptueux ni par l'érection presque douloureuse qu'elle le provoque dès qu'elle est mes côtés...

Je dois me concentrer, je dois oublier qu'elle est là.

Aussi difficile que cela puisse être soit...

1
_____

CHAPITRE UNE

T rois *heures du matin*
Washington DC
Jour de l'investiture

EMERSON SATI se retourna dans son lit en râlant contre son réveil. *Mais qui peut se lever à une heure pareille ?* Elle cligna des yeux pour tenter de se réveiller. *C'était le grand jour. L'investiture.* Et dans quelques heures, le troisième président américain célibataire – et le seul à s'être présenté sous la bannière des Indépendants depuis George Washington – serait bientôt investi et elle, Emerson Sati, agent spécial, se tiendrait ses côtés, prête à recevoir une balle pour lui.

Elle se glissa hors du lit de son minuscule appartement de Georgetown et se dirigea vers la douche. A quatre heures et demie, le président élu, Orin Bennett, serait prêt à faire son jogging habituel le long du Washington Mall et du Potomac et elle devrait l'accompagner. Cela ne la gênait pas – l'exercice physique lui permettrait de mieux se concentrer sur son travail. Seulement... pourquoi devait-il se lever *si tôt* ?

L'eau brûlante de la douche et le shampoing énergique finirent de la réveiller. *J'ai besoin d'aller chez le coiffeur.* Ses cheveux sombres lui arrivaient à la taille et, tous les jours, elle devait faire preuve de beaucoup d'imagination pour varier les coiffures tout en restant irréprochable. Elle contempla son reflet dans le miroir. Elle se savait considérée comme une belle femme mais Emmy s'en fichait. Elle n'avait pas obtenu son poste grâce à son allure. Elle était la première femme agent responsable de la protection rapprochée du président – il avait personnellement validé sa candidature après avoir consulté son supérieur hiérarchique. Si Emmy avait encore eu sa famille, celle-ci aurait été fière d'elle. Zach avait été fier d'elle.

Bien sûr, Zach l'admirait sans réserve, quoi qu'elle fasse. Il avait été son partenaire lorsqu'elle travaillait pour les services secrets mais leur relation, initialement professionnelle, s'était muée en une amitié solide. Elle avait découvert, sous ses airs grincheux, un être bienveillant qui s'avéra être l'un des hommes les plus brillants qu'elle ait jamais rencontrés. Ils n'avaient pas laissé l'amour interférer dans leurs relations de travail mais il était évident pour tous qu'ils étaient fous l'un de l'autre. Zach l'avait toujours soutenue dans sa carrière au sein des services secrets. Avant qu'ils ne se marient, il avait été muté en Virginie où lui avait été confiée la garde rapprochée du responsable de campagne de Bennett, alors encore simple membre du Congrès. C'est trois jours avant son mariage avec Emmy que Zach s'était fait abattre par un déséquilibré, qui s'était mis en tête de « punir » McKee pour un soi-disant meurtre que le jeune politicien aurait commis.

Il aurait tout aussi bien pu tirer dans le cœur d'Emmy. Elle avait été choquée, anéantie et folle de fureur à la suite du drame. Son patron, Lucas, lui avait suggéré du prendre du temps pour elle.

« Prends quelques jours ou je te vire, Emmy et tu sais que c'est la dernière chose que je souhaite faire. » Sa voix était amicale mais ferme.

Elle avait tenté de négocier, bien sûr, mais le besoin de faire son deuil de Zach l'avait convaincue. Elle était partie en Inde où était né son père et y avait passé le temps qui lui avait été nécessaire pour retrouver la paix. Elle voyait Zach partout, ses cheveux blond foncé, son énergie débordante, son laisser-aller vestimentaire lorsqu'il ne travaillait pas, ses yeux bleu marine pétillant de bonheur et d'amour pour elle.

Elle était finalement revenue à la vie mais le manque d'activité professionnelle avait fini par prendre le pas sur son chagrin. A son retour, Lucas l'avait accueillie chaleureusement, ravi de constater qu'elle avait retrouvé la même passion pour son travail qu'avant la mort de Zach.

En ce jour de novembre et alors que la plupart des Américains étaient encore sous le choc de la destitution du président, Lucas lui avait exposé les détails de sa nouvelle mission.

« Naturellement, nous ne pouvons pas envoyer les mêmes agents protéger le président Bennett que ceux attribués au président Ellis. Le FBI enquête sur l'intégralité de l'équipe chargée de la garde du président Ellis, donc on peut supposer que ces agents sont compromis. » Lucas lui sourit. « Le président Bennett a choisi ses nouveaux agents lui-même. Tu es la première sur sa liste. »

« Vraiment ? » Emmy semblait stupéfaite. « Je suis honorée. »

« Mais ? »

« Le président Bennett mesure combien ? Un mètre quatre-vingt-quinze, c'est bien ça ? »

« A quelques centimètres près. »

« Je fais un mètre soixante-cinq. Il le sait, n'est-ce pas ? »

Lucas sourit. « Emmy, tu as prouvé à maintes reprises que la taille ne compte pas. Avec tes états de service, pourquoi Bennett s'arrête-rait-il à ça ? »

« Comment est-il ? »

Lucas réfléchit un instant. « Un homme bon. Encore déboussolé d'être parvenu au Bureau ovale. Je pense que personne ne s'y attendait, à commencer par lui. Il m'a avoué ne s'être lancé dans sa campagne que pour initier un mouvement qui serait indépendant des politiques partisanes, avant de réaliser qu'il avait surestimé les attentes du pays en matière d'honnêteté. »

« Tu m'étonnes ! » Emmy leva les yeux au ciel. « Je ne me suis jamais posé autant de questions sur mon pays que depuis ces derniers mois – non pas que cela affecte mon implication », ajouta-t-elle vivement. Lucas éclata de rire.

« Emmy, ne t'inquiète pas. Je ne te considère pas comme un dissident. Une chose », ajouta-t-il, « tu sais aussi bien que moi qu'Orin Bennett est profondément loyal envers son équipe et bien qu'elle se résume à un groupe réduit de personnes, il leur accorde toute sa confiance. Kevin McKee est l'un d'entre eux. Je sais que ta vie privée n'a rien à voir avec ton job mais je me dois de te poser la question. »

Emmy avait anticipé ce point. « Monsieur, je n'ai aucun ressentiment envers McKee. Il n'est pas plus responsable de la mort de Zach que quiconque. L'homme qui l'a tué était malade et je ne peux qu'imaginer l'enfer qu'il a dû traverser, alors et depuis. »

Lucas semblait impressionné. « Tu es un sacré agent, Emmy. Le meilleur. »

TôT CE MATIN-LÀ, Emmy repensait aux paroles de son patron en roulant vers Washington DC. Non, elle ne reculerait pas devant l'engagement qu'elle avait pris cinq ans plus tôt avec les services secrets mais, à l'instar de ses concitoyens, elle avait été stupéfaite par le scandale qui avait fait tomber le gouvernement Ellis et qui avait permis à un membre indépendant du Congrès, venant de l'Oregon, d'accéder aux plus hautes responsabilités du pays.

Brookes Ellis avait été respecté pour son approche avant-gardiste, inclusive et progressiste, avant de trahir ses électeurs lorsqu'il fût révélé qu'il se servait du bureau du président, comme de l'argent des contribuables, pour mener à bien ses propres projets. Et lorsque certains de ses subalternes furent poursuivis pour trafic d'êtres humains, la probité d'Ellis s'en trouva ruinée, même après avoir nié toute implication dans ces atrocités.

Ellis n'était pas parti de bonne grâce et n'avait eu de cesse de s'insurger contre le système et le nouveau président. Pas plus tard que la veille, il s'était exprimé sur le plateau du *Today Show,* où il s'était indigné suite à l'élection du président Bennet, qu'il traitait de premier indépendant depuis George Washington.

Le travail d'Emmy ne prévoyait pas qu'elle s'implique en politique mais elle savait que nombre d'électeurs d'Ellis étaient déçus et certains d'entre eux n'avaient pas hésité à clamer ouvertement leur désir de le voir disparaître de la scène publique. Emmy gara sa voiture.

Elle avait rejoint Blair House, la résidence du président élu, sur Pennsylvania Avenue. Elle présenta son badge au service de sécurité – par pur respect des procédures, les membres du personnel se connaissaient tous de longue date – et fila se changer pour sa séance de jogging.

Alors qu'elle faisait le point avec ses collègues, le président Bennett vint à leur rencontre. Il leur sourit. « Alors, vous êtes prêts ? » Il adressa un sourire Emmy. « Qu'en dites-vous, agent Sati ? On tente les dix kilomètres aujourd'hui ? »

« Comme vous le souhaitez, Monsieur. »

Emmy dut admettre qu'il n'y avait que des avantages à regarder Orin Bennett en plein exercice physique. Il était grand, large d'épaules et athlétique. Ancien astronaute à la NASA et Marine, Orin Bennett, à quarante ans passés, arborait une musculature hors du commun. L'homme semblait avoir été taillé dans un roc. Comment pouvait-il toujours être célibataire ?

Emmy se fustigeait intérieurement. Elle avait une mission à accomplir – que se passerait-il si elle prenait une balle parce qu'elle avait été distraite. Mais c'était un fait, il était très attirant.

Après quarante-cinq minutes de course soutenue, Bennett annonça en avoir assez et ils l'escortèrent vers Blair House. « Sacrée course, les gars, merci. » Il sourit à Emmy. « Vous avez tout donné aujourd'hui, agent Sati. »

« C'est mon travail, Monsieur », rétorqua Emmy en souriant. Bennett gloussa.

« Vous avez entendu la dame, les mecs. Vous feriez mieux de bien vous tenir. »

« Bonne chance pour aujourd'hui, Monsieur », dit soudain Emmy, avant de rougir. Orin sourit.

« Merci, Emerson. » C'était la première fois qu'il l'appelait par son prénom. Elle sentit une décharge parcourir son corps. Ses yeux vert olive se plissaient lorsqu'il souriait. « Vous aussi. »

Son collègue Duke la poussa de l'épaule alors qu'ils retournaient vers les vestiaires. « Tu as vu comme le futur président est sympa avec toi. »

Emmy fronça les yeux. « Ne redis jamais ça tout fort, Duke, s'il te plaît. C'est suffisamment compliqué d'être une femme dans ce métier sans avoir à gérer des rumeurs. »

Duke lui sourit. « Je suis désolé. Mais c'est vrai. D'accord, je suis navré », ajouta-t-il tandis qu'elle brandissait sous son nez un poing prétendument rageur.

Emmy ne pouvait pas en vouloir à Duke pour ce qu'il venait de dire. Orin Bennett avait délibérément été amical avec elle depuis qu'elle avait rejoint l'équipe et elle avait pensé qu'il souhaitait surtout affirmer sa confiance en elle indépendamment de son sexe et de sa jeunesse. Mais en effet, elle aussi avait fini par penser qu'il pourrait y avoir autre chose, ce qui était plutôt flatteur... mais totalement irréaliste. En fait, même si ses fonctions l'amenaient à le côtoyer de si près qu'elle pouvait prendre une balle à sa place, elle ne pourrait être plus éloignée de lui.

SEPT HEURES PLUS TARD, alors qu'Emmy regardait Bennett prêter serment, elle scrutait l'assistance, tous ses sens en alerte, à l'affût de la moindre menace potentielle. Comme tous les Américains, lassés de la corruption et du manque d'humanité du dernier gouvernement, elle se sentait fière. Sous peu, Orin Bennett serait en butte aux critiques – et elles s'exprimaient déjà – mais aujourd'hui, il se tenait tête haute. Son discours ne ferait pas date comme celui d'un Kennedy ou d'un Obama mais il parlait d'une nouvelle ère pour le territoire américain, où règneraient l'espoir et la solidarité.

A ce moment précis, Emerson Sati sût qu'elle protégeait la bonne personne, et elle en était fière.

. . .

ORIN BENNETT, récemment élu Président des États-Unis, se tenait derrière « Bureau Resolute » et considérait sa petite équipe de proches conseillers.

Charlie Hope – son vieil ami de la NASA, était désormais chargé de la sécurité nationale.

Moxie Chatelaine – un atout redoutable originaire de la Nouvelle Orléans qui avait assuré la charge de mener la campagne électorale. Cette afro-américaine était désormais son Chef du Personnel.

Peyton Hunt – a débuté sa carrière en tant qu'auteur de comédie pour une célèbre émission de télévision des années quatre-vingts, avant de se lancer en politique. La première femme vice-président des États-Unis.

Kevin McKee et Issa Graham – respectivement Directeur de la Communication et Chargée des Relations avec la Presse.

C'étaient ces cinq personnes qui s'étaient battues pour le hisser – ce bon vieil Orin Bennett, cowboy de l'espace à la prestance d'un colonel – au rang de *Super Président*. Il adressa à tous un large sourire.

« Détendez-vous. J'ai juste une question... qu'est-ce qui vient de se passer là au juste ? »

Il se moqua des membres de l'équipe en constatant le soulagement exprimé par leurs visages. Orin posa les mains sur son bureau. « Vous n'allez pas le croire, ils m'ont confié la charge de tout ça ! »

« Vraiment ? » Charlie Hope secoua la tête. « Pas possible, mec. Ils ont pas réfléchi ? »

Orin sourit, vite imité par ses collègues. « Complètement débile. »

« Le pays est devenu fou. »

Orin riait bruyamment, adossé confortablement à son siège. « Tu réalises que je pourrais tous vous muter à Lagos ? »

« Au moins, il y ferait plus chaud », ajouta Peyton, levant les yeux au ciel en s'asseyant sur l'un des canapés rayés. « Il faisait combien aujourd'hui ? Moins six ? »

« Plaints toi à Roosevelt, pas à moi. Bon, donc... qu'est-ce qu'on fait maintenant ? Nous n'avons que cent jours et le compte à rebours a commencé. Je ne veux pas qu'on se contente de changer les rideaux et déconner avec les anciens collaborateurs. Enfin, pas *que* ça. » Orin ne parvenait pas prendre tout ce cérémonial au sérieux et avait hâte de s'atteler à la tâche. L'Amérique était déchirée par les scandales à répétition et il souhaitait entamer les opérations de réparation au plus vite.

Alors que Moxie et Kevin passaient l'agenda du reste de la semaine en revue, Orin jeta un regard vers la femme brune assise silencieusement dans un coin de la pièce.

L'agent Emerson Sati. La plus belle femme qu'il ait jamais vue. Lorsque son patron était venu discuter de l'équipe de protection rapprochée, Lucas Harper avait chaudement recommandé qu'Emerson figure sur la liste, dressant pour Orin un portrait plus que flatteur d'Emmy, louant son expérience autant que son éthique professionnelle.

Orin n'avait aucune raison de décliner sa suggestion. Après tout, il voulait une équipe mixte, composée d'hommes comme de femmes. Il accepta donc que Lucas lui présente Emerson. Dès qu'elle était entrée dans la pièce, Orin sut qu'il avait commis une erreur.

Il lui serait impossible de la laisser prendre une balle à sa place. Sa peau dorée était mise en valeur par ses sombres cheveux bruns ramassés en un élégant chignon bas et son visage illuminé par des yeux d'un noir de jais. Ajoutez à cela une bouche délicate comme un bouton de rose et un corps tout en courbes bien que manifestement sportif... et Orin était perdu. Il savait que rien ne pourrait se passer entre eux, particulièrement maintenant qu'il était président, mais s'il l'avait rencontrée plus tôt...

A quoi tu penses, abruti ? Tu es le président des États-Unis, pas un lycéen qui vit sa première amourette... mais passer du temps avec Emmy en courant tous les matins avec elle ne l'aidait pas à garder ses distances.

Il se reconcentra et se tourna vers Moxie qui évoquait à présent les multiples inaugurations auxquelles leur administration allait devoir participer.

« Bien entendu, tout ce que tout le monde veut savoir est... êtes-vous prêt à accorder votre pardon au président Ellis ? »

Orin soupira. « Je ne sais pas encore. Je n'ai pas suffisamment d'informations sur ce qu'il savait ou non. »

Kevin McKee, jeune diplômé de Princeton aux yeux bleus et cheveux foncés, intervint. « Il était au courant de tout, Orin... désolé, monsieur le Président. Brookes Ellis était corrompu avant même d'être élu. »

« D'accord, nous avons cela mais le peuple américain exigera des preuves. Il est sous le choc – abasourdi. » Orin se pencha en avant. « Qui est ce mec, le pitbull, celui qui a toujours fait face aux menaces – ou qui limite les dégâts pour Ellis ? »

« Martin Karlsson ? » Charlie Hope paraissait sceptique. « C'est un faux-jeton. »

« Je suis d'accord mais il peut nous être utile. On va le faire venir ici et lui faire croire qu'on envisage de pardonner. Il parlera peut-être. »

« Il risque de refuser de venir. Il a fait à la presse des déclarations incendiaires à ton sujet. »

Orin haussa les épaules. « Je veux que nous mettions un point d'honneur à ne pas répondre à ce genre de bassesses. Si lui, ou un autre, profère des propos diffamatoires, ce sera une autre affaire. C'est l'intérêt du pays qui prime, toujours, et c'est ce que nous devons garder à l'esprit à chaque instant. Trop de gens sont concernés par la pauvreté ou l'impossibilité de se soigner pour qu'on perde la moindre minute pour ce genre de détails. D'accord ? »

Des murmures d'assentiment se firent entendre. « En parlant de détails », commença en souriant Issa Graham, la Chargée des Relations Presse, « le magazine InStyle voudrait savoir ce que vous porterez pour le bal ce soir. »

Orin haussa les yeux. « Des talons, une minijupe et un bustier. » Il jeta un regard vers Emerson Sati alors que les autres s'esclaffaient et fut ravir de la voir sourire.

« Vous pouvez imaginer leur réaction ? »

Orin s'exclama : « Après le dernier Président, rien ne les surprendra plus, Issa. Bon, quoi d'autre ? »

2

CHAPITRE DEUX

Duke siffla Emmy alors qu'elle s'approchait de lui, portant une robe d'un rouge profond épousant parfaitement ses formes. Pour une fois, ses cheveux châtain doré étaient lâchés et épars sur ses épaules et elle ne semblait porter aucun maquillage – seulement quelques touches pour sublimer sa beauté naturelle. Elle lui jeta un regard noir, auquel il répondit par un sourire embarrassé. « Désolé, je sais que c'est inapproprié mais bon sang, jeune fille vous êtes éblouissante. »

Bien malgré elle, Emmy rougit instantanément. « Merci, monsieur. Mais je ne vous dirai pas où je cache mon arme secrète. » Elle regretta immédiatement ses dernières paroles en voyant le large sourire affiché par Duke. « Tais-toi, Dukey », dit-elle, en souriant et en secouant la tête.

« Je me tais. »

Ils traversaient l'aile droite pour rejoindre le Bureau Ovale.

« Lucas a-t-il dit pour quelle heure le Président devait être prêt ? »

– D'un instant à l'autre. Prête pour aller danser ? »

Emmy leva les yeux au ciel. « Bien sûr, on n'aura que ça à faire.

– Avec toi portant cette robe ? Tous ceux qui ne te connaissent pas vont réclamer une danse. Attends, je n'avais pas remarqué ce truc dans le dos. » Duke contemplait le dos de la robe, largement échancré.

Emmy soupira. « Oui, je ne m'en étais pas aperçue non plus quand je l'ai achetée. Tu penses qu'elle n'est pas convenable ? »

Duke secoua la tête. « Pas du tout mais maintenant, tu m'as *vraiment* donné envie de savoir où est ton arme. »

Emmy sourit, les avances que lui faisait Duke ne la dérangeaient pas. Il avait été l'un des meilleurs amis de Zach et il était marié à l'amie d'Emmy, Alice, agent comme elle. Leur petit jeu de séduction ne les empêcherait pas de se mettre en danger pour se protéger l'un l'autre. Ils faisaient partie de la même famille.

Lucas les attendait dans l'antichambre. L'assistante du président, Jessica, une pétillante sexagénaire, approuva du regard la tenue d'Emmy. « Joli. C'est agréable de vous voir habillée de manière féminine pour une fois. »

Emmy lui sourit. Jessica Fields était un vrai personnage dans le cercle de relations de Bennett et avait été son mentor lorsqu'il n'était encore qu'un jeune membre du Congrès. Elle était désormais son aide-de-camp dès qu'il avait besoin d'un point de vue critique sur un sujet donné. « Vous pouvez entrer. »

Duke ouvrait la marche et Emmy entendit Orin Bennett s'adresser au groupe. Alors qu'elle pénétrait dans le bureau, elle s'aperçut qu'il la regardait et sa voix s'érailla. Il la contempla pendant quelques instants et baissa les yeux, tentant de reprendre le cours de la conversation. Emmy se sentait rougir mais ne dit mot en se postant, comme à son habitude, contre un mur face au bureau. Moxie Chatelaine lui adressa un sourire et articula un *Waouh* silencieux en désignant sa robe. Moxie était elle aussi incroyable. Ses longues dreadlocks avaient été rassemblées en un haut chignon et elle avait choisir une robe dorée qui illuminait sa peau chocolat. Emmy fit un signe admiratif de la tête et sourit, avant de reprendre une expression neutre pour observer l'assistance, les hommes élégants et les femmes magnifiques, tous prêts à célébrer cette victoire électorale inattendue.

Orin portait un costume gris foncé, merveilleusement taillé par un designer italien. Même si Emmy n'avait pas les moyens de s'offrir la robe de designer qu'elle portait ce soir – l'agence l'avait heureusement payée – elle savait reconnaître la qualité.

Mais le costume n'était pas la raison pour laquelle Orin Bennett était si... *ravageur*. Tout avait déjà été dit dans la presse sur la beauté du président célibataire – les tabloïds s'interrogeaient sur celle qui partageait son lit.

Emmy savait qu'il avait vécu une histoire d'amour quelques années plus tôt mais oui, à l'heure actuelle il était bien célibataire. La presse ne savait pas comment interpréter sa réticence à évoquer sa vie sentimentale, n'acceptant pas sa ligne de conduite qui était ; « Je veux simplement me concentrer sur la remise en état du pays ».

Cinq bals inauguraux officiels avaient été organisés pour ce président. Bennett avait insisté auprès du Comité d'organisation de l'investiture pour limiter le nombre d'événements à cinq. Il avait également exigé que le prix des entrées soit accessible pour que les associations de bienfaisance puissent y assister. Cette dernière directive n'avait pas été accueillie favorablement par les deux principaux partis, avides de démarrer leur lobbying sur ce nouveau président indépendant.

Sa cavalière pour les bals serait la vice-présidente, Peyton Hunt. Leur amitié solide leur permettrait de passer une bonne soirée mais détournerait également les rumeurs. Bien entendu, cela n'empêcherait pas les gens de parler du *couple* qu'ils formaient mais ils réalisaient tous deux que ce serait un moindre mal. Leur amitié datait de leurs années au lycée et le défunt mari de Peyton, Joseph, avait lui aussi été proche de Bennett.

Emmy, en charge du déroulement de la soirée, assisterait à tous les bals – le président n'avait pas l'intention de rester très longtemps à aucun d'entre eux, le temps nécessaire pour remercier son personnel de campagne, ses supporters et pour rencontrer les politiciens influents. Les buffets proposaient boissons et amuse-bouche en pagaille mais Emmy savait que le président n'y toucherait pas.

Ni les membres de la sécurité du président ni elle-même ne s'approcheraient ce soir des buffets et son estomac commençait à crier famine. Emmy n'était pas femme à se refuser les plaisirs de la table, elle était même reconnue comme ayant un appétit féroce. Elle avait souvent été défiée par Zach lors de compétitions du plus gros mangeur de hot-dogs. Il n'avait aucune chance de gagner, il le savait mais c'est une des choses qu'il adorait chez elle.

« Il n'y a rien de pire qu'une femme qui picore. »

Emmy sourit à ce souvenir et secoua la tête avant de se recentrer sur sa mission. Alors qu'ils arrivaient au premier évènement, le Bal Inaugural de la Jeunesse, qui se tenait au Hilton, Emmy scruta la foule des invités.

En raison de l'importance de cette journée, son patron, Lucas, Chef de la Sécurité, était présent et restait au plus près du président. Emmy, Duke et les autres agents, se tenaient à leur poste, chacun de leur mouvement, répété cent fois, étant dicté par la force de l'expérience. D'un seul regard circulaire, Emmy avait localisé la position du président mais également celle de ses opposants politiques tout comme celle des portes d'entrée et de secours. L'hôtel avait été inspecté de fond en comble par les équipes de démineurs et chacun des invités avait été contrôlé par le FBI. Rien n'avait été laissé au hasard. Même si la mission était tout à fait ordinaire en ce qui la concernait, ils n'en restaient pas moins en alerte maximale. Un président libéral avait bon nombre d'ennemis, particulièrement au sein de la précédente administration.

Emmy aperçut le conseiller de la sécurité du président sortant Ellis, Steve Jonas – l'un des membres du cabinet qui avait été totalement disculpé au cours de l'enquête. Elle savait que le président Bennett espérait qu'il accepte de rester, pour assister Charlie Hope dans sa tâche mais Steve Jonas ne s'était pas encore prononcé. Personne ne connaissait ses intentions et vers qui il dirigerait sa loyauté.

« Euh, entrez », retentit la voix de Duke près de son oreille, la faisant tressaillir.

« Oui, Duke. Que se passe-t-il ?

– Rien, juste une petite vérification. Rien à signaler pour l'instant.

– Jonas est arrivé. Je ne veux pas dire qu'il y a une raison de s'inquiéter mais vous savez, au cas où...

– J'ai compris. » Il rit doucement. « Plus que quatre.

– Oui. » Elle lui confirma d'un rapide sourire qu'elle aussi l'avait repéré. Elle savait que Duke n'appréciait pas particulièrement ce type de surveillance mais elle y prenait beaucoup de plaisir, essayant de dresser un portrait psychologique des invités à partir de leur langage corporel. Elle vit le chef du Sénat s'approcher du président Bennett. Robert Runcorn avait soutenu Brookes Ellis jusqu'à ce que le scandale n'éclate et avait alors mit fin à toute collaboration avec lui. Un hypocrite, c'est tout ce qu'était Runcorn, qui croyait même que Bennett accepterait d'accorder le pardon à Ellis. Il n'avait pas hésité à s'en ouvrir à la presse.

ORIN SOUPIRA INTÉRIEUREMENT en voyant du coin de l'œil Rob Runcorn s'approcher de lui. Orin aimait bavarder avec les invités, particulièrement certains jeunes gens qui s'étaient distingués en servant leur communauté et étaient devenus des exemples pour leurs pairs. Il espérait ne pas être interrompu par Runcorn et une autre de ses diatribes hostiles à Brookes Ellis. Orin s'aperçut avec reconnaissance qu'Emerson Sati, elle aussi, avait repéré Runcorn et qu'elle le gardait à l'œil. Si Runcorn s'imposait, Emmy s'interposerait, il le savait.

Et *putain* qu'elle était belle dans sa robe rouge. Ses longs cheveux bouclés et presque noirs tombaient par-dessus ses épaules et son corps dans cette robe était...

« Monsieur le président ? Puis-je avoir une minute de votre temps ? » Merde. Il avait perdu le fil et Rob Runcorn en avait profité pour l'interpeller.

« Bien sûr, Rob, c'est toujours un plaisir », répondit doucement Orin. Il serra sa main tout en étudiant son visage. Bien qu'il n'ait qu'une petite soixantaine d'années, il avait vieilli prématurément et paraissait dix ans de plus. Trop de bons dîners et de Porto, imagina Orin. Il prit congé du groupe avec lequel il discutait avec un sourire d'excuse. « En quoi puis-je vous aider, Rob ? » *Comme si je ne m'en doutais pas.*

« Je sais que ce n'est peut-être pas le bon moment pour en parler avec vous, mais... Brookes Ellis. »

Orin soupira intérieurement. « Bob, vous avez raison, ce n'est ni le lieu ni l'endroit. Pourrions-nous passer une soirée sans évoquer l'ancien Président Ellis ?

– Vous savez que ce sera le premier des sujets que nous soumettrons à votre administration.

– Je sais et vous savez quoi, je suis tout à fait disposé à entendre ce que vous avez à dire. Ce que les *deux* partis ont à dire. Mais Bob, je dois vous prévenir. Je ne prends pas ces accusions à la légère. Il ne fera l'objet d'aucun traitement de faveur et s'il y a le moindre doute sur une éventuelle participation du président Ellis, il devra en assumer les conséquences. »

Runcorn changea sensiblement d'attitude et son visage n'exprimait plus vraiment l'amabilité du départ. Il grimaça à l'encontre d'Orin un sourire sans joie. « Bien, nous verrons comment se déroule l'enquête. » Il observa la pièce et l'assistance et remarqua qu'Emerson ne les quittait pas des yeux et écoutait leur conversation. Il savait qu'elle faisait partie des services secrets.

« Dites-moi, président Bennett, selon quels critères avez-vous choisi votre personnel ? La prestance ? »

Le sourire disparut des lèvres d'Orin. « Bob, si vous avez quelque chose à dire, faites-le. Ça ne vous regarde en aucun cas mais laissez-moi vous dire ceci. Les agents que j'ai choisis l'ont été uniquement sur critères professionnels. La plupart d'entre eux sont d'anciens militaires. Dites-moi, Bob, dans quelle armée avez-vous servi ? » Il savait parfaitement que Bob Runcorn n'avait jamais posé le pied sur une base militaire, encore moins combattu sur une ligne de front.

Bob marmonna sur un ton sarcastique : « Félicitations, monsieur le Président », avant de s'éclipser.

ORIN CROISA le regard d'Emerson. « Ne faites pas attention à lui, Emmy. C'est un fumiste. »

Emerson rougit. « Je vous remercie, monsieur le Président. »

« Avez-vous mangé quelque chose ? »

Elle secoua la tête, avant de jeter un regard circulaire. Elle n'était pas censée lui parler mais elle ne pouvait pas vraiment l'ignorer s'il souhaitait parler.

« Non, monsieur. Pas pendant mon service. » Elle tenta de lui indiquer, par un rapide sourire, qu'elle paierait cher son manque de concentration. Orin sembla comprendre sa demande silencieuse.

« Bien, vous faites du très bon boulot, agent Sati. Continuez comme ça. »

« Merci, monsieur. »

Il effleura son bras avant de s'éloigner et se diriger vers un groupe d'invités avec lesquels il n'avait pas encore discuté. Emmy soupira de soulagement. Après les commentaires de Duke plus tôt dans la journée, elle préférait ne pas prêter le flanc aux ragots de ses collègues qui s'interrogeaient sur un éventuel favoritisme dont elle bénéficierait.

C'était de la pure folie, pensait-elle, et elle ne devrait pas fantasmer sur lui alors qu'elle devait assurer sa protection. De plus, elle le connaissait à peine. Pour autant qu'elle le sache, il aurait tout aussi bien pu être un de ces gros dégueulasses qui croit que chaque femme qu'il rencontre lui appartient – attitude finalement assez répandue au sein des hommes de pouvoir. Il devait y avoir une raison pour laquelle il ne s'était jamais marié.

Emmy repoussa ces pensées et la soirée se déroula sans encombre. Le président s'était rendu à chacune des cérémonies officielles, ravissant de sa présence la cohorte d'experts en œuvres de charité.

Emmy aperçut Lucas, manifestement satisfait, alors que minuit approchait. Elle savait que son éthique professionnelle lui causait parfois de grands coups de stress – qu'il dissimulait à merveille – mais elle avait appris, après toutes ces années de collaboration, à décoder son patron et mentor. Elle lui adressa un bref sourire avant de tourner les talons et de se poster derrière le président, qui commençait à saluer ses hôtes avant son départ.

Toute son équipe raccompagna Bennett à la Maison Blanche et ils purent souffler enfin. Avant de prendre congé et de se retirer dans la chambre Lincoln, Orin les remercia tous. « Bon boulot aujourd'hui, les gars. Merci à tous. »

Il adressa un clin d'œil à Emmy, qui hocha en dissimulant un sourire. « Merci, monsieur le Président.

– Sérieusement, Emmy, appelez-moi Orin quand vous avez fini votre journée.

– D'accord, monsieur le Président », répondit trop vite Emmy. Ils éclatèrent de rire et Orin leva la main devant elle.

« Tant pis. Bonne nuit à vous tous !

– Bonne nuit, monsieur... et toutes mes félicitations. »

MALGRÉ TOUTE LA beauté de sa robe, Emmy soupira lorsqu'elle s'en libéra et enfila une paire de leggings et un sweatshirt. Elle était affamée mais ne s'accorderait de repos qu'après le rapport.

Heureusement, Lucas ne les bloqua pas trop longtemps. « Je voulais juste vous dire merci. Compte tenu du nombre de gens mécontents de cette élection, nous aurions été présomptueux de penser que la soirée aurait pu si bien se passer. Mais ça a été le cas et c'est en partie grâce à vous. Demain commence le vrai boulot, mais pour ce soir » – il jeta un regard à sa montre et sourit, « ou pour ce qui reste de cette matinée, devrais-je dire, reposez-vous.

– Mangez, oui », marmonna Duke, ce qui provoqua l'hilarité générale. Lucas acquiesça.

« Ça aussi. Le traiteur a laissé un plat de charcuterie, pour ceux que ça intéresse mais je vous propose *Ben Chili's* ?

– Oh, oui ! »

Emmy renonça à les accompagner, malgré l'insistance de Duke. C'était le restaurant préféré de Zach et elle n'y était pas retournée depuis sa mort.

« Je vais bien, promis », dit-elle en souriant. « Je suis crevée, c'est tout. Je reprends mon poste à sept heures alors je vais me préparer un sandwich et me coucher dans une des salles de repos. »

Ils ne parvinrent pas à lui faire changer d'avis et finirent par y renoncer. Emmy trouva son chemin jusqu'aux cuisines de la Maison Blanche, l'estomac dans les talons. Elle trouva rapidement la charcuterie mais découvrit également un buffet complet de salades composées, de viandes, de pain frais. Elle attrapa une assiette et se servit généreusement. Elle superposa de la salade de pommes de terre et une portion de pâtes recouvertes de tranches de salami, s'assit sur un tabouret et dégusta.

Elle venait d'engloutir une énorme bouchée lorsqu'elle entendit sa voix.

« Est-ce que c'est aussi bon que ça en a l'air ? »

Emmy s'étouffa presque en se levant précipitamment et dut couvrir sa bouche et essayer d'avaler.

Orin sourit largement. « Pas de panique, agent. Terminez tranquillement.

– Désolée, monsieur le Président. Je ne m'attendais pas à ce que quelqu'un descende ici aussi.

– Ne le dîtes à personne mais j'ai souvent des fringales », dit-il en souriant et en saisissant une assiette. Il l'observa. « C'est un bel assortiment que vous avez là, agent Sati... je peux vous appeler Emmy maintenant que vous êtes en repos ?

– Bien sûr, monsieur le Président. »

Il gloussa et baissa la voix. « Et puisque nous sommes seuls, vous pouvez m'appeler Orin, Emmy.

– J'ai bien peur de ne pas pouvoir, monsieur. Le protocole... »

Orin, debout devant elle, prétendit y réfléchir. « D'accord. Dans ce cas, je vous ordonne de m'appeler Orin. Qu'en pensez-vous ? »

Emmy était mal à l'aise mais également consciente de l'onde d'excitation qui venait de parcourir son corps. « Monsieur le Prési... »

« C'est un *ordre*, agent, de la part de votre commandant en chef. » Il ne cachait même pas de s'amuser de la situation.

Emmy sourit soudain. « Tout ce que vous voudrez... président Orin. »

Sa tête bascula en arrière lorsqu'il éclata de rire, avant de garnir généreusement son assiette et de s'installer face à elle. « Quelle journée, hein ?

– Oui, Monsieur.

– Emmy.

– Oui... Orin.

– A la bonne heure. » Il enfourna une cuillerée de pâtes et désigna son assiette. « Mangez. »

Ils finirent paisiblement leur repas et gardèrent le silence un moment. Emmy se sentait observée et finit par croiser son regard. Ses yeux verts étaient doux.

« Je voulais vous dire combien je suis désolé pour Zach. Je ne le connaissais pas personnellement mais Kevin McKee n'est en vie que grâce au sacrifice de Zach et je ne peux qu'honorer sa mémoire en disant qu'il est mort pour protéger un homme de bien. »

La gorge d'Emmy se serra. « Merci, Monsieur – Orin. »

Il lui sourit et ils s'observèrent pendant un instant de trop. Elle fut touchée par le rose qui apparut au sommet de ses pommettes semblant taillées à la serpe.

« Bien », dit-il en se levant. « Je vous remercie de m'avoir tenu compagnie, agent Sati. Je ferais mieux de prendre un plateau et de remonter pour vérifier mes mails. Une grosse journée nous attend demain.

– Oui, monsieur. Et toutes mes félicitations, monsieur le Président.

– Merci, Emerson. Bonne nuit.

– Bonne nuit, monsieur. »

CHAPITRE TROIS

O rin découvrirait vite qu'en tant que leader du monde libre, il aurait suffisamment à faire pour arrêter de fantasmer sur Emerson Sati. La question du pardon du précédent président avait été la première à être posée par la foule de journalistes présents à son premier point presse en tant que président.

« Manifestement, c'est une question que je vais devoir considérer si – et ceci est un *grand* si – l'enquête ne révèle pas l'implication du président Ellis. Mais, les gars, je dois vous mettre en garde car vous êtes juges et parties. Je crois que nous pensons tous que sa démission parle d'elle-même, donc attendons les résultats de l'enquête. Oui, Kathy ? »

Kathy Mills, journaliste vétéran au Washington Post, se leva. Elle sourit à l'intention d'Orin. « Monsieur, pouvons-nous connaître votre opinion personnelle sur le sujet ? »

Orin sourit. « J'attends les conclusions de l'enquête, Kathy. Est-ce que je pense qu'il y a eu – comment dire – un manque d'intégrité de la part de la précédente administration ? Oui. N'oublions pas qu'on peut tous commettre des erreurs, mais qu'il y ait eu de mauvaises raisons ou non, l'avenir nous le dira. D'ici là, je ne prendrai aucune décision Merci, Kathy. Marc ? »

Marc Woolley du Wall Street Journal, se leva à son tour, paraissant embarrassé. « Monsieur le Président, comme vous le savez, vous êtes le premier président à prendre vos fonctions en n'étant pas marié. Les spéculations vont bon train. Pourriez-vous nous confirmer que vous recherchez activement une, euh, relation romantique ?

– Mark, vous semblez très gêné en me posant cette question. »

Toute la corporation rit et Woolley baissa la tête, penaud. « C'est vrai, monsieur, oui. »

Orin sourit et secoua la tête. « Rien à signaler. Je me concentre sur l'avenir de notre pays et les cent premiers jours de mon mandat. »

Après le point presse, Moxie retrouva Orin alors qu'il se dirigeait vers le Bureau Ovale. « Ça s'est bien passé.

– Ils ont été doux comme des agneaux, répondit-il, mais je les connais. La prochaine fois, ils vont me faire subir une opération à cœur ouvert sans anesthésie. Quoi d'autre ?

– Charlie et ses frères.

– Mox, est-ce une manière de parler des chefs de l'État-major ? » plaisanta Orin. « Hé, Jessie. »

Sa secrétaire lui sourit. Le commandant Hope et ses collègues sont arrivés, monsieur. « Merci, Jess. » Il vit le changement sur le visage de son chef de la sécurité et Emerson Sati le suivit alors qu'il pénétrait dans le Bureau Ovale accompagné de Moxie. Il adressa un signe de tête à Emmy qui le salua en retour. « Bonjour, monsieur. » *Seigneur*. Qu'elle était belle. Il recentra son attention sur la réunion et demanda un point à Charlie.

LES JOURS QUI SUIVIRENT, Emmy put se concentrer sur sa mission de protection rapprochée du président. Elle ne devait penser à lui que comme étant presque un Dieu, pas un homme, sinon elle ne penserait qu'à Orin, l'homme au charme dévastateur. Elle se surprit à rire de tant de naïveté, bien sûr, il ne se passerait *jamais* rien.

Bennett était aux plus hautes fonctions depuis maintenant trois semaines et Lucas convoqua son équipe à une réunion en présence du FBI.

« Nous subissons la première menace réelle et sérieuse contre le président », annonça-t-il. « Nous avons eu les habituelles alertes avant et après l'investiture – des abrutis qui postent des messages en se cachant derrière leur écran d'ordinateur. Aujourd'hui, en revanche, nous avons reçu des informations à propos d'un petit groupe de partisans de Brookes Ellis.

« Devons-nous les prendre au sérieux ? » Duke paraissait perplexe et Emmy en compris la raison. Les soutiens au précédent président étaient furieux qu'il ait été obligé de démissionner mais leur colère était impuissante. Avec le président indépendant Bennett, la colère des partisans ne s'était pas exercée et l'élection leur avait coupé l'herbe sous le pied.

« Oui. Nous parlons ici de fanatiques d'extrême-droite. Ils ne veulent pas d'un candidat progressiste derrière le "Bureau Resolute". » Lucas fit défiler des photos sur l'écran. « Je vous présente Max Neal, le leader de la campagne *Justice pour Brookes Ellis*. »

Un murmure de dérision se fit entendre.

« *Justice* ? » La voix d'Emmy était sèche et sarcastique. Lucas sourit.

« Exactement. En tous cas, ce jeune homme est issu de la bonne société du Connecticut – l'état dont Ellis est originaire – et je vous laisse deviner qui étaient ses copains de classe. »

Emmy leva la main. « En considérant son âge, ce doit être Martin Karlsson. »

« Bingo. » Une photo de l'ancien conseiller d'Ellis apparut. « Et comme vous le savez tous, Karlsson doit venir au Bureau Ovale plus tard dans la journée. J'ai donc mandaté trois agents supplémentaires. Emmy, Duke, vous serez dans le Bureau Ovale. Jake, Mike, dans l'antichambre. Je veux que vous l'écoutiez, que vous scrutiez son comportement et que vous repériez tout ce qui vous semble étrange. Duke, dès son arrivée aux grilles d'entrée, je veux que tu l'accompagnes, et Emmy, vous l'escorterez à son départ. Il ne doit pas passer une seule *seconde* à la Maison Blanche sans escorte, compris ? Même si cela nécessite de le suivre aux toilettes. Il ne va pas apprécier mais je n'en n'ai rien à faire.

– Monsieur ?

– Oui, Em ?

– Le Président est-il conscient de la menace ?

– Je fais le point avec lui à la fin de notre réunion.

– Doit-on réellement envisager une attaque du président dans le Bureau Ovale ? » L'un des autres agents, Mike, s'exprimait.

Lucas secoua la tête. « Non, bien sûr que non. Notre mission est d'observer et d'écouter. Je veux tout savoir de ce que Karlsson dira ou entendra pendant qu'il est à la Maison Blanche. »

Après les avoir remerciés, il rappela Emmy. « Hé, ma belle, accompagne-moi. »

Un fois sortis du bureau, il lui sourit. « Tu sais que je n'ai entendu que du bien à ton sujet de la part du personnel du président.

– Merci, monsieur.

– J'ai aussi entendu des bruits et je voulais vérifier avec toi si ce n'étaient que des bruits de couloir. »

Emmy sentit son estomac se nouer. *Seigneur, non.* Quelqu'un avait-il entendu Duke la taquiner ? Ou avait-elle été vue en compagnie d'Orin le soir de l'investiture ? « Monsieur ? »

« Il y a une rumeur autour du président... Seigneur, comment dire ça ? Le président aurait une aventure avec la vice-présidente. »

Emmy soupira de soulagement. « Monsieur, à ma connaissance, il n'en n'est rien. La vice-présidente porte toujours, je pense, le deuil de son mari.

– Tu comprends pourquoi je pose la question. Le président et la vice-présidente t'apprécient beaucoup tous les deux, Emmy et s'ils étaient amenés à entamer une relation au sein de la Maison Blanche, ils auraient besoin du soutien de tout leur personnel donc... »

« J'ai compris, monsieur mais comme je l'ai dit, il n'y a rien à signaler. »

· · ·

EMMY REGAGNA la Maison Blanche allégée d'un poids. Depuis l'investiture, elle n'avait cessé de s'inquiéter des conséquences de ce moment en privé qu'elle avait partagé avec le président. Elle avait peur que quelqu'un, qui les aurait surpris, n'en tire des conclusions hâtives et même que le président ne se soit confié à quelqu'un de son entourage. Où avait-elle eu la tête ? Elle avait travaillé sans relâche pour obtenir ce poste et elle avait tant à perdre qu'elle ne voulait pas prendre le moindre risque de le perdre, particulièrement pour un homme qu'elle ne pourrait jamais avoir. Zach avait donné sa vie pour protéger le bras droit du président – comment pourrait-elle compromettre sa mémoire ? Elle secoua la tête. Reprends-toi, Sati. *Tout ce qui s'est passé n'était qu'un échange de taquineries sans conséquences.*

UN PEU PLUS TARD, elle resta un moment seule avec le président alors qu'ils attendaient l'arrivée de Karlsson à la Maison Blanche, escorté par Duke.

Orin lui sourit. « Agent Sati, je voulais vous dire... je suis désolé que notre petite discussion de l'autre soir vous ai mise mal à l'aise. C'était injuste et tout à fait inapproprié de ma part. Je suis désolé.

– Pas besoin de vous excuser, monsieur le Président », dit-elle en essayant de conserver un ton neutre et calme. « Mais je vous en remercie. »

Orin sourit et ouvrit la bouche pour poursuivre, avant de secouer la tête. « Vous êtes un excellent agent, Emmy. Ne laissez personne vous dire le contraire.

– Merci, monsieur. »

Jessica frappa à la porte et annonça l'arrivé de Martin Karlsson. L'homme la suivit dans le bureau, suivi de Duke. Karlsson ne semblait pas particulièrement ravie d'avoir été "escorté" et jeta un regard noir à Duke, qui resta impassible. Karlsson se tourna vers Emmy et l'observa sans vergogne. Emmy en avait l'habitude et soutint son regard. Elle savait qu'il avait atteint la trentaine, qu'il était toujours célibataire et qu'il restait dévoué à sa cause.

Orin tendit la main à Karlsson. « M. Karlsson, bonjour.

– Je vous remercie d'avoir accepté de me recevoir, monsieur le Président. J'apprécie que vous me consacriez quelques minutes.

– Asseyons-nous et discutons, M. Karlsson. »

Jessica ferma la porte en quittant le bureau. Karlsson accepta le siège qui lui était offert et Orin s'assit face à lui. Leur différence de taille était visible, le président et son mètre quatre-vingt-quinze dominaient son visiteur. Emmy ne quittait pas Karlsson des yeux. Il avait dû être fouillé à l'entrée, elle savait donc qu'il ne portait pas d'arme sur lui mais sa mission était de s'assurer qu'il ne représentait pas une menace pour le président.

Le regard bleu vif de Martin Karlsson passait sans cesse de l'un à l'autre et, si on lui avait posé la question, Emmy aurait penché pour une prise trop régulière de cocaïne, seule substance capable de lui fournir l'énergie nécessaire pour travailler vingt-quatre heures par jour. Le type avait l'air épuisé.

« Monsieur le Président, je vous remercie de bien vouloir me recevoir. Comme vous le savez, je suis ici pour solliciter une grâce présidentielle en faveur de l'ancien Président Ellis.

– Vous ne perdez pas de temps, Martin ? »

L'autre sourit. « C'est une entrée en matière comme une autre, monsieur le Président. »

Emmy écoutait leur conversation, qui se déroulait comme prévu. Karlsson défendit sa cause et Orin l'écouta, avant de lui faire la même réponse qu'à la presse, ce qui déplut à Karlsson qui resta cependant magnanime.

« Je comprends votre point de vue, monsieur le Président. » Il se leva et serra la main du président. « Ceci était la première des discussions que nous allons avoir sur le sujet, je vous le garantis.

– Je n'en n'attendais pas moins de vous. Restez en contact avec mon bureau, Martin. Je vous donne ma parole que nous vous communiquerons tout ce que nous apprendrons des enquêteurs.

– J'apprécie, monsieur le Président. »

. . .

EMMY RACCOMPAGNA sans un mot Karlsson à l'entrée mais il hocha la tête poliment lorsqu'elle le salua. Emmy admit qu'il était plus impressionnant qu'elle ne l'avait imaginé, passionné par sa cause et loyal – inopportunément – à Brookes Ellis.

Elle fit son rapport à Lucas dès son retour dans l'édifice. « Monsieur, je ne pense pas que nous ayons à nous inquiéter au sujet de Karlsson. Je pense que la menace sera plus insidieuse. On peut lire en lui comme dans un livre ouvert.

– Merci, Emmy, bon boulot. »

Une fois sa journée terminée, Emmy se changea et se rendit à la salle de sport des services secrets où elle se dépensa pendant deux heures. Elle ignora les regards admiratifs de ses collègues masculins et leva les yeux au ciel à l'adresse de ses consœurs. Elles étaient habituées à la convoitise des hommes qui, par chance, gardaient leur opinion pour eux lorsqu'ils étaient en service. C'était agaçant mais inhérent à la condition féminine.

Et, à l'instar du reste des représentantes du sexe féminin, Emmy ne pouvait s'empêcher de comparer sa silhouette menue et son corps si désirable aux allures longilignes et souples de ses collègues agents autour d'elle. Ses origines indiennes expliquaient ses courbes affriolantes et, peu importe le sérieux de ses entraînements sportifs, elle restait bien en chair. En revanche, elle était une véritable athlète – malgré sa profonde aversion pour la course – et pouvait même se targuer de pratiquer la boxe thaï à un niveau professionnel. Même elle aurait pu se passer des entraînements, presque quotidiens. *Ça fait partie du job, Sati*, se dit-elle en terminant ses enchaînements. Elle pourrait bientôt rentrer et s'accorder un peu de répit.

DEUX HEURES PLUS TARD, elle conduisait toutes fenêtres ouvertes malgré le froid de cette journée de février à Washington. L'air glacial et vif la réveilla tout à fait et elle se sentit d'attaque pour... quoi ? Qu'avait-elle à faire ? Tous ses amis travaillaient pour les services secrets et seraient déployés dans d'autres parties du monde, en service ou en train de rattraper un peu de sommeil. Juste après la mort de Zach, elle avait envisagé de prendre un chien, pour l'aider à encaisser, mais elle avait vite réalisé que ce serait injuste pour le chiot qu'elle devrait laisser seul pendant de longues journées. Arrivée chez elle, elle ouvrit la porte d'un appartement où régnait le silence et ne put s'empêcher d'imaginer une petite boule de poil qui viendrait l'accueillir le soir en jappant.

« Hé, Miss Emmy. »

Emmy sourit à la petite mamie habitant à côté, Marge Johnson, qui lui faisait de grands signes de la main depuis l'autre bout du couloir.

« Bonjour, Margie, comment allez-vous ? Je suis désolée mais je ne suis pas rentrée depuis deux jours. Le boulot, vous savez ?

– Mais oui, ma chère, protéger cet homme adorable. Vous en avez de la chance ! » Pourtant presque nonagénaire, Margie était restée pétillante et insolente. Elle surlignait toujours les émissions qu'elle souhaitait regarder dans le programme TV et passait ses journées à jouer au piano et à chanter des chansons d'amour concernant ses 'amours'. Elle avait l'habitude de boire au moins une petite bouteille de coca par jour. Elle proposait souvent à Emmy de passer une heure ou deux en sa compagnie, ce qu'Emmy acceptait volontiers. Elles s'installaient alors sur la terrasse et discutaient et se reposaient dans un silence complice. Pour Emmy, Marge était ce qu'elle avait de plus proche d'un membre de la famille et elle adorait la vieille femme.

« Écoutez, un homme vous a rendu visite... euh, il a demandé à voir Zach. Je ne lui ai rien dit, évidemment, mais j'ai pris ses coordonnées. Miss Emmy, Vous ne me croirez probablement pas mais c'était la copie conforme de votre Zach. Un peu plus grand, un peu plus débraillé, mais identique. »

Emmy sentit son cœur se serrer et elle détourna la tête pour échapper au regard scrutateur de Marge. Elle considéra le bout de papier où était noté son nom – *Tim* – et son numéro de téléphone. « A-t-il dit qui il était ? »

Marge secoua la tête. « Il n'a rien dit. Zach avait-il de la famille ? Des frères ?

– Non, pas à ma connaissance, mais sa famille était plutôt brisée.

Sa mère avait quitté le domicile familial dans son enfance. Quelques années plus tard, c'est son père qui l'avait mis à la porte. Peut-être avait-il un demi-frère ou un cousin… Je ne sais vraiment pas. » Emmy mordit sa lèvre. « Et vous ne lui avez pas dit que Zach est mort ? »

Marge secoua la tête. « J'ai pensé que ce n'était pas à moi de lui dire, ma chère. J'ai bien fait ? »

Emmy la prit dans ses bras. « Je vous remercie, Marge. Vous avez fait ce qu'il fallait. Je vais appeler ce mec pour voir ce qu'il voulait.

– Ça vous dirait, un coca ? »

Emmy sourit et déclina d'un geste. « Non, j'ai encore plein de choses à faire mais je vous remercie, Marge.

– Pas de problème, vous savez où me trouver. »

Marge retournait vers son appartement quand Emmy l'interpella soudain. « Au fait, j'ai pensé que je pourrai prendre un chien, Marge.

– Je trouve que c'est une excellente idée, je pourrai m'en occuper quand vous travaillez.

– Vous êtes sûre ?

– Bien sûr ! J'ai eu des chiens toute ma vie, jusqu'à il y a quelques années. Ma petite Eva n'arrête pas de me dire que je suis trop vieille mais qu'en sait-elle ? »

Emmy sourit à son amie. « Dans ce cas, vous viendrez avec moi au refuge pour en choisir un.

– Dites-moi quand et où, Emmy, et j'y serai. »

Lorsqu'elle rentra chez elle, Emmy se sentait plus légère, comme apaisée. Elle allait sauver un petit chien et, grâce à l'aide de Marge, se débarrasser d'un peu du poids de sa solitude. Elle déposa ses vêtements de travail dans le lave-linge et s'attaqua au changement des draps de son lit. Les tâches ménagères la calmaient et elle mettait ce temps à profit pour réfléchir. Il lui arrivait parfois d'entreprendre, dans ce seul but, le nettoyage complet de son appartement. Elle se doucha ensuite puis mit de l'eau à bouillir pour se préparer des pâtes. Pendant que le saumon cuisait, elle pensa à appeler "Tim". Mais quelque chose l'en empêchait. Voulait-elle réellement gérer ça ? Elle avait depuis peu l'impression d'avoir tourné la page, même si le chagrin qu'elle éprouvait depuis la mort de Zach ne la quittait jamais. D'agonie rageuse, il était devenu douleur chronique.

Elle fixa le bout de papier sur le frigo et oublia toute cette histoire. Elle s'installa devant la télévision pour déguster son repas. Encore des informations sur son patron. Seule chez elle, Emmy pouvait regarder Orin Bennett à son aise. Les actualités montraient des images récentes et des séquences plus anciennes le montrant au Congrès. Le reportage sur la cérémonie d'investiture lui permit de considérer l'homme, plutôt que le président. Des images du bal étaient maintenant projetées et elle rougit lorsqu'elle s'aperçut que, alors même qu'il bavardait avec des invités, le président l'avait observée, à plusieurs reprises. *S'il te plait, Seigneur, fais en sorte que Lucas ne voie pas ça.* Si son patron pensait qu'une attirance était possible entre Emmy et Bennett, elle serait immédiatement débarquée et envoyée au Nebraska avant qu'elle puisse dire « amourette d'écolière ».

Cependant, lorsqu'elle s'endormit ce soir-là, elle rêva qu'elle pressait son corps contre le torse puissant du président, qui l'avait enlacée et l'embrassait fougueusement.

4

CHAPITRE QUATRE

Lucas remercia Jessica lorsqu'elle lui annonça que le président était prêt à le recevoir. Elle frappa à la porte du Bureau ovale.

« Entrez, Lucas. Pas la peine de frapper. » Orin Bennett l'accueillit d'un signe de la main et lui indiqua de s'asseoir. « Moxie me dit que vous avez du nouveau ?

– Oui, monsieur le Président. J'ai peur de ne pas avoir de bonnes nouvelles, cependant. Le groupe d'extrême-droite dirigé par Max Neal s'est divisé en deux groupes et nos renseignements nous indiquent qu'ils préparent... quelque chose. Une action terroriste sur notre territoire, une tentative d'assassinat – pour le moment, nous avons entendu différentes hypothèses. Nous aurons plus de précisions dans la journée mais je dois vous poser une question. Êtes-vous certain de vouloir aller à Camp David ce week-end ?

– Je le suis. Le directeur du FBI s'y rend également et nous avons la preuve qu'ils se sont associés pour protéger l'ancien Président Ellis. » Orin soupira. « Écoutez, je me fiche pas mal des menaces de mort – ce sont les risques du métier. Mais je veux que la moindre menace contre la population soit contrecarrée, Lucas. Nous devons contenir la situation avant qu'elle n'échappe à tout contrôle.

– Bien sûr, monsieur le Président, mais si je peux me permettre ? Annulez Camp David et tenez vos réunions ici. L'annonce de votre voyage a déjà filtré et...

– Et l'endroit est inaccessible et il n'y a aucun risque. Je vous remercie pour vos recommandations, Lucas et je fais confiance en votre jugement, mais nous allons à Camp David. »

PLUS TARD, Orin s'isola dans un bureau privé. Il se laissa tomber dans un accueillant canapé, une pile de papiers étalés devant lui sur la table basse. Il n'arrêtait pas de penser aux mises en garde de Lucas. Il ne s'inquiétait pas des menaces de mort à son encontre mais il ne supportait pas que ses ennemis puissent s'attaquer à d'innocentes victimes. La dernière chose dont avait besoin le pays était une nouvelle attaque terroriste, une fusillade de masse ou l'explosion d'une bombe.

Orin connaissait les situations d'urgence et de désastre. Lui et Charlie avaient été en mission de reconnaissance lorsque la navette Columbia avait explosé en rentrant dans l'atmosphère terrestre. Il se souvenait de l'appel désespéré de l'opérateur de liaison, qui avait pendant des heures demandé instamment à l'équipage de la navette de répondre, sachant qu'il n'en obtiendrait jamais.

Columbia, ici Houston, contrôle UHF. Columbia, ici Houston, contrôle UHF...

L'incrédulité. Les larmes du directeur de vol, puis l'exécution mécanique des procédures d'urgence, celles que le personnel de la NASA espérait ne *jamais* avoir à appliquer. C'avait été un véritable traumatisme pour tous.

Orin avait quitté la NASA juste après l'accident et Charlie l'avait suivi trois ans plus tard. Il se réengagea pour servir deux périodes supplémentaires en Afghanistan, avant de quitter l'armée pour se marier avec son amour d'enfance, Lynn.

Orin était déterminé à soulager le sentiment d'impuissance qu'il avait ressenti alors que mourait l'équipage de Columbia et choisi de s'engager en politique. Après avoir été élu Maire de Portland, il représenta l'Oregon au Congrès, toujours sur la liste des indépendants. Le peuple américain était las de la politique partisane et Orin devint rapidement la coqueluche politique à Washington DC. Les médias furent pris au dépourvu, ayant sous-estimé la soif de justice du pays.

La destitution de Brookes Ellis ne fit qu'exacerber cette soif et Orin fut élu à une écrasante majorité. Le pays attendait désormais qu'une nouvelle ère débute.

Orin adorait son pays et adorait le servir. Il était prêt à accepter la charge de présider à son destin, même s'il avait parfois encore du mal à réaliser qu'il se trouvait dans le Bureau ovale.

Mais pourtant... il se sentait seul parfois. Sa dernière relation – avec une avocate spécialisée, Sophie – avait pris fin quatre ans auparavant.

« Je t'aime », lui avait pourtant dit Sophie, « mais je ne peux pas me contenter d'être un prix de consolation, Orin. Tu as besoin de servir ton pays et tu n'auras plus assez de temps pour moi. Donc, j'arrête. »

Ils s'étaient quittés à l'amiable et s'étaient même revus à deux occasions depuis, mais Sophie avait épousé un avocat de haut vol, à Manhattan et ils attendaient maintenant un heureux événement.

Orin s'attaqua à la lecture de deux mémos posés sur la table. Il retira ses lunettes et se massa le haut du nez. Il aurait aimé pouvoir, pour une fois, discuter avec une partenaire avec laquelle il partagerait autre chose que le travail. Quelqu'un de nouveau. Ses pensées se dirigèrent à nouveau vers Emerson Sati et il leva les yeux au ciel en haussant les épaules. Les problèmes qui surviendraient s'il entamait une relation avec l'un des personnels de sécurité... il ne pouvait même pas l'imaginer. La presse en ferait ses choux gras.

Toujours stratège, il s'amusait à imaginer comment ils pourraient réussir. Ils auraient besoin d'un soutien interne pour les aider.

« Retiens tes chevaux, cowboy. » Il ne savait même pas s'il plaisait à Emmy. Le soir où ils avaient partagé ce délicieux moment dans les cuisines de la Maison Blanche... il ne la connaissait pas suffisamment pour déterminer si elle plaisantait ou si elle était sérieuse lorsque qu'ils se taquinaient.

De plus, la pauvre enfant avait perdu son mari dans les pires circonstances. Il devrait donc se résoudre à la laisser tranquille avant de risquer sa carrière. *Non*, Emerson Sati n'était pas à sa portée.

Orin se leva et se dirigea à nouveau vers la cuisine, se racontant qu'il n'y allait que pour chercher un petit snack, mais lorsqu'il y entra, elle était déserte. Quand il entendit le claquement de hauts talons sur le sol, il fut envahi par une montée d'adrénaline, qui retomba dès que Moxie, son Chef du Personnel, arriva dans la pièce.

Elle lui sourit. « Bonsoir.

– Salut, Mox. »

Moxie était une vieille amie de collège, la seule personne qui ne s'adressait jamais à lui en l'appelant "Monsieur le Président". Elle se dirigea vers le congélateur et en rapporta un litre de glace. « J'en ai rêvé toute la journée. » Elle prit deux cuillères et indiqua les tabourets de bar à Orin. « Viens partager cette glace avec moi.

– C'est quel parfum ?

– Rho, pistache, bien sûr. »

Ils partagèrent la glace directement depuis le pot et Moxie gémissait de plaisir. « Seigneur, ça me rappelle quand on se gavait de crème glacée. Tu te souviens, on restait debout toute la nuit pour rendre nos devoirs à temps.

– Oh, oui », répondit Orin en souriant. « C'était la belle époque. »

– C'est vrai. On passait des nuits blanches à manger de la glace et à partager des joints. Et regarde-nous aujourd'hui. »

Moxie souriait en l'observant. « On dirait que tu as quelque chose sur le cœur, Orin. Crache ta Valda. »

Orin sourit hésitant. « Tu ne te sens jamais seule, Moxie ?

– Parfois, j'imagine. En fait, ça fait quelques semaines que je vois une diplômée de Sciences Po. Rien de sérieux mais je l'aime bien. Qu'est-ce qui se passe, Orin, tu veux que je te présente des femmes ?

– Tu es la meilleure des entremetteuses, Moxie.

– Je ne plaisante pas. Tu sais que je pourrai organiser... »

Orin écarquilla les yeux. « Seigneur, Mox, je ne cherche pas à baiser. Je commence à m'apercevoir qu'il y a peut-être autre chose que le travail dans la vie.

– Alléluia, enfin ! » se moqua Moxie en souriant, avant de lui adresser un regard interrogateur. « Tu penses déjà à quelqu'un ? »

Il secoua la tête. « Non, personne que je puisse avoir. » Il se leva pour laver sa cuillère et l'essuya ensuite. Des années de célibat en avait fait un parfait homme d'intérieur. Il s'apprêtait à ranger la cuillère lorsque la question que lui posa Moxie le figea.

« Et l'agent Sati ? »

Orin se tourna pour faire face à son amie. « C'est visible à ce point ?

– Je suis la seule à m'en être rendue compte mais je te connais si bien. Elle est adorable, Orin et c'est une gentille fille. »

Orin approuva d'un geste de la tête. « Ha, exactement. Elle a la moitié de mon âge et fait partie de ma garde personnelle. Y a-t-il une seule personne d'autre sur Terre qui me soit encore moins accessible ? »

Moxie fit mine de réfléchir. « La reine d'Angleterre ? »

Orin sourit, prétendant être vexé. « Tu penses que même la reine ne voudrait pas ça ? » Il adopta une posture de body builder pour la faire rire et Moxie se couvrit les yeux.

« Je ne pourrais plus jamais te regarder sans penser à ça. Quand tu discuteras avec le président russe ou l'ambassadeur des États Fédérés de Micronésie, je te verrai et je penserai à ça. » Elle riait tant qu'il se ridiculisa un peu plus pour l'amuser.

« Appelle-moi Fabio. »

Un léger raclement de gorge le fit sursauter et il retourna, se trouvant face à face avec Emmy Sati qui tentait de dissimuler un sourire. « Monsieur le Président. »

Moxie riait de bon cœur. « Vous avez loupé le pire, Emmy. Vraiment. »

Orin était à la fois embarrassé par la situation et bêtement heureux de voir Emmy. Il adorait son sourire timide et le rose qui avait coloré ses joues. « Bonsoir, agent. Vous êtes de nuit ce soir ?

– Oui, Monsieur.

– Je ne vous en voudrai pas si vous vous endormez. » Seigneur, son approche mériterait vraiment d'être *améliorée*. Moxie était bien d'accord et le lui fit savoir en écarquillant des yeux. Était-elle en train de l'encourager ou au contraire, de le dissuader ?

Orin regardait Emmy alors qu'elle écoutait un interlocuteur invisible lui parler dans son oreillette. « Je suis avec Eagle, contrôle.

– Bien reçu, Em.

– Toujours sur le qui-vive. » Orin lui adressa un sourire. Seigneur, la courbe de son cul. Il rêvait d'en suivre les contours du bout des doigts et d'y poser sa bouche. Il se rendait compte qu'il l'observait sans vergogne mais ne pouvait détourner le regard. Ses grands yeux d'un brun chaud, ornés d'épais cils bruns, sans aucun artifice, le faisaient chavirer.

Emmy regarda au loin et réalisa qu'il avait, une fois de plus, une conduite inappropriée. « Voulez-vous me raccompagner au Rose Garden, je vous prie. J'ai besoin d'air frais », demanda-t-il doucement.

« Bien sûr, monsieur le Président. »

Ils traversèrent la Maison Blanche pour se rendre au jardin. L'air de la nuit était glacial mais ni l'un ni l'autre ne sembla y prendre garde. « Racontez-moi quelque chose sur vous, agent Sati. »

Elle hésita un instant. « Bien, monsieur. Je pensais prendre un chien.

– Bien, quelle bonne idée. Vous savez, il est d'usage que les présidents aient un chien à la Maison Blanche. Je vais peut-être suivre votre exemple.

– Je vais adopter un chien de refuge.

– Bon choix. Quel type de chien pensez-vous que je devrais prendre, agent ? »

Il l'observait alors qu'elle souriait. « Un lévrier afghan, monsieur. » Elle lui jeta un coup d'œil en coin. « Avec son long poil blond... vous pourrez l'appeler *Fabio*. »

Il fallut un instant à Orin pour réaliser qu'elle le taquinait. Il sourit. « Touché, agent Sati. »

Il la vit grelotter. « Allez, rentrons », dit-il, plaçant brièvement une main sur son dos. « J'oublie toujours combien il fait froid.

– Le climat est-il rude en Oregon, Monsieur ?

– Ça arrive, c'est le Pacifique nord-ouest après tout, mais les hivers à Washington, *putain*, Emerson, il faut s'y faire.

– C'est vrai, monsieur le Président.

– Êtes-vous originaire de Washington, agent ? »

Emmy secoua la tête. « Non, Monsieur, je viens de la Nouvelle Orléans.

– Ah, la Nouvelle Orléans. » Il lui adressa un sourire penaud.

Ils avaient rejoint l'entrée de la résidence privée du président.

« Venez-vous à Camp David, agent Sati ? »

Elle secoua la tête et sentit une vague de déception la submerger. « Non, monsieur. Duke et Greg seront à votre service pour ce voyage. » Elle sourit tristement. « On m'a demandé d'utiliser les jours de congés qu'il me reste, monsieur, ou je vous aurais accompagné. »

« Non, non. Vous avez besoin de repos. Vous avez prévu quelque chose ? » *S'il vous plaît, ne me dites pas que vous allez passer du temps avec un autre homme...*

« J'ai seulement prévu d'aller chercher un chien, monsieur.

– Bien, alors bonne chance dans ce cas. »

Emmy sourit. « Merci, monsieur. Bon séjour à Camp David. »

ALORS QU'ORIN allait se coucher, il repensa à sa réaction. *S'il vous plaît, ne me dites pas que vous allez passer du temps avec un autre homme...* « Quel égoïste il pouvait être ! Elle mérite le bonheur après ce qu'elle a traversé. » Orin secoua la tête en se fustigeant. *Simplement parce que tu te sens si seul...*

Non. Il devait arrêter de penser à Emerson Sati. Il pourrait peut-être demander à Moxie de lui faire rencontrer des femmes – juste un rendez-vous, rien de sérieux. Kevin devait connaître du monde. Le directeur de la communication, tout en regard bleu et vêtements de prix, ne cherchait jamais bien longtemps la compagnie. Étudiantes récemment diplômées, avocates spécialisées, lobbyistes – Kevin draguait stratégiquement. *La drague du pouvoir*. Orin grimaça. Kevin disposait de tous les atouts, une énorme confiance en lui, ses origines et la fonction.

Orin se lava les mains et s'aspergea le visage d'eau fraîche avant de se regarder dans le miroir. « Et tu es le président des États-Unis », se dit-il. Mais il se sentait toujours le petit garçon de la campagne de l'Oregon.

Il s'allongea dans son lit mais ses pensées tournaient autour de la beauté d'Emmy, ses lèvres roses se retroussant pour un charmant sourire ou s'entrouvrant pour un soupir tandis qu'il lui ferait l'amour. « Bon sang », grogna-t-il avant de se retourner, en essayant de barrer la voie à ses fantasmes.

CHAPITRE CINQ

Emmy et Marge le repérèrent au même instant. Le poil blanc, les grands yeux marron, une oreille dressée tandis que l'autre retombait. « Oh, oui », s'exclama Emmy en s'agenouillant à hauteur du petit chien enfermé dans sa cage. « C'est lui. »

« Il est si beau », confirma Marge qui semblait au bord des larmes, tandis que l'assistant vétérinaire du refuge la regardait avec amusement. Le chien, un bâtard, n'était pas exactement "magnifique" mais il avait une allure adorable. L'assistant ouvrit la cage et le chien en sortit lentement, inquiet. Il s'approcha d'Emmy pour renifler sa main et lui permit de le caresser.

« Salut, toi... » Emmy ressentit un élan d'affection lorsque le petit chien posa ses pattes sur ses genoux en sentant son visage. « Comment s'appelle-t-il ? »

– On ne sait pas, c'était un chien errant, mais on l'a baptisé Major. Malgré son apparence, il a quelque chose de...

– Majestueux », approuva Emmy. « Hé, Major. »

Major lécha sa joue et Emmy éclata de rire. Elle le souleva et commença à le câliner.

Marge lui grattait les oreilles et il jappait joyeusement, comme s'il souriait. « Oui, c'est notre petit gars maintenant », dit-elle à une

Emmy souriante, dont le moral avait été immédiatement remonté grâce à la simple présence de cet adorable petit chien. Le processus d'adoption prendrait une quinzaine de jours mais elle savait qu'elle avait pris la bonne décision.

En rentrant chez elle, Emmy repensa à sa conversation avec le président. Elle aimait son sens de l'humour. Lorsqu'elle l'avait surpris dans cette posture ridicule destinée à amuser Moxie, elle avait dû contenir un rire hystérique. Ce président était un véritable clown.

Une fois rentrée, elle passa une heure en compagnie de Marge avant que celle-ci ne s'endorme. Emmy la couvrit d'un plaid avant de rentrer dans son propre appartement. Elle imaginait déjà Major roulé en boule sur le canapé ou mangeant ses croquettes dans la cuisine. Elle le laisserait dormir sur son lit avec elle, c'était sûr. Elle pouvait dépeindre le tableau, tous les deux lovés l'un contre l'autre dans le canapé pendant qu'elle lirait ou regarderait la télé. Elle avait tellement hâte de le ramener à la maison.

Dans la cuisine, elle trouva une part de pizza dans le frigo. Elle remarqua soudain le numéro de téléphone qu'elle avait ignoré depuis des jours. *Tim. 555-6354.*

Tim. Tim, qui ressemblait tant à Zach que Marge avait failli s'y méprendre.

Zach ne lui avait jamais parlé de sa famille sauf pour préciser qu'ils n'avaient plus aucun contact. C'était un des points qu'ils avaient en commun – ils étaient une famille l'un pour l'autre, au même titre que Marge et leurs amis des services secrets. Cela leur suffisait amplement.

Elle prit le bout de papier aimanté au frigo et sursauta lorsque quelqu'un frappa à la porte. Tim avait-il décidé de lui rendre une nouvelle visite, n'ayant pas reçu l'appel escompté ? Emmy s'arma de courage et se dirigea vers la porte.

Elle se détendit lorsqu'elle se trouva face à Moxie Chatelaine. « Salut, Mox. »

La chef du personnel était déjà quelques fois venue chez elle. Les deux femmes avaient sympathisé et se voyaient en dehors du service. Moxie était encore entourée de deux collègues d'Emmy qui effectuèrent l'inspection appropriée de l'appartement avant qu'Emmy et Moxie ne soient autorisées à rester seules.

Emmy prépara du café. « Quelle bonne surprise. Je pensais sur tu étais sur la route de Camp David. »

Moxie la remercia pour la boisson chaude et lui sourit. « Oh, c'est le cas, mais je voulais te voir pour avoir ton avis sur une situation particulière.

– Que tu ne peux pas faire passer par Lucas ? » Emmy exprimait sa surprise et Moxie secoua la tête.

« C'est, euh, un sujet un peu sensible. C'est... » Moxie soupira. « Bon, je me lance. C'est à propos du président... et toi. »

Emmy rougit instantanément et détourna le regard de Moxie. « Je ne comprends pas. »

– La façon dont tu as rougi t'a trahie, Emmy. Il t'aime bien. »

Emmy prit une gorgée de café, qui lui brûla la gorge. « Mox... Je te jure, je n'ai rien fait pour l'encourager, je n'ai rien fait qui irait à l'encontre du protocole... »

– Calme-toi, ma belle. Ceci n'est pas une conversation au sujet du président des États-Unis et n'a rien à voir avec le fait que je suis le chef du personnel ou que tu sois un agent. On parle de moi, Moxie, amie avec deux personnes qui sont clairement attirées l'une vers l'autre. »

Emmy secoua la tête. « On ne devrait pas parler de ça, Moxie, s'il te plait. »

Moxie étendit le bras et prit sa main. « Orin n'est pas homme à coucher à droite et à gauche, il ne fréquente que peu de monde. Il est charmant et drôle mais je ne l'avais jamais vue s'illuminer comme ça, que quand tu es dans les parages. Et, ne mens pas, toi aussi, tu l'aimes bien. Ne t'inquiète pas, il n'y a que toi et moi ici et rien ne filtrera hors de ces quatre murs, je te le jure.

– Tu sais ce que je pourrais y perdre si ça venait à se savoir... merde, il n'y a même rien à savoir. Mais s'il y avait le moindre soupçon de favoritisme à mon égard de la part du président, ma carrière serait foutue. Je serai exilée quelque part et je ne le verrai plus jamais. »

Moxie garda le silence pendant un moment. « Mais, Em, lorsque deux personnes se plaisent, ça devient une tragédie s'ils ne se laissent même pas une chance d'essayer. »

Emmy émit un petit rire sans joie. « Maintenant, j'en ai la confirmation, tu es complètement folle, Mox. Je fais partie de la garde rapprochée du Président. Je ne peux pas me faufiler dans la chambre Lincoln tout en essayant de le protéger.

– Je suis sûre qu'il y aurait des moyens.

– Lucas me tuerait pour moins que ça. »

Moxie éclata de rire. « C'est pourquoi il te faut quelqu'un qui puisse t'aider de l'intérieur. Je ne dis rien de plus, je ne suis pas une mère-maquerelle. Pourquoi tu ne viendrais pas avec moi à Camp David ? Vous pourriez dîner en tête-à-tête avec Orin.

– *Vraiment* folle », répondit Emmy, irritée. A quoi jouait Moxie ?

« Il se sent seul, Em. Je lui ai proposé de lui organiser des petits rendez-vous mais une seule femme l'intéresse.

– Ce n'est pas juste, Moxie. J'ai l'impression de... Seigneur, si je refuse, je vais me faire virer ? C'est un ordre officiel ? » Les yeux d'Emmy s'emplirent de larmes de panique.

Moxie se leva et l'enlaça. « Arrête. Je suis désolée. Je ne savais pas que ça te contrarierait autant. Oublie tout ça, je suis désolée. J'essayais juste de... Seigneur, je ne sais pas... j'imagine que j'essayais de réunir deux personnes qui me sont chères.

– Je suis l'un de ses *agents*, Mox. Tu sais aussi bien que moi que cette situation est inextricable. Il ne peut pas se déplacer sans que le moindre de ses mouvements ne soit scruté et j'ai une mission à remplir. Tu es bien placée pour savoir combien je me suis battue pour devenir la première femme de sa garde rapprochée, sans parler de mes origines indiennes. »

Moxie se rassit. « Je peux te poser une question ?

– Quoi ?

– Tu as craqué pour lui ? »

Emmy tenta de noyer le poisson. « J'ai voté pour lui, si c'est ce que tu te demandes. »

Moxie leva les yeux au ciel. « Emmy !

– D'accord. Oui, il est extrêmement séduisant, je ne suis qu'une femme après tout. Mais parler de craquer pour le président des États-Unis est un peu exagéré. Mox, on peut parler d'autre chose, s'il te plait ?

– Bien sûr, Em. Écoute, tu as des jours de congé ? »

Emmy hocha la tête, encore perturbée par le tour qu'avait pris leur étrange conversation. « Je vais prendre un chien.

– Hein ?

– Quoi ?

– Oh, rien. » Moxie lui souriait, malicieuse. « C'est juste qu'Orin a parlé de prendre un chien lui aussi. Quelle coïncidence !

– Oui. » Emmy répondit joyeusement. « Ce sont les chiens qui vont sauver le monde. »

– Amen. »

Moxie resta encore un moment avec Emmy, puis décida de prendre la route pour Camp David. Emmy alluma les lampes de l'appartement et s'affala dans le canapé. Elle choisit délibérément un film d'action à la télévision mais cela ne suffit pas à lui changer les idées.

Moxie avait semé le doute dans son esprit – le fantasme, le rêve d'une étreinte avec Orin Bennett. Emmy ne pouvait se cacher la joie qu'elle avait ressentie lorsque Moxie lui avait annoncé qu'il l'aimait bien. Seigneur, on se serait cru en primaire... à part l'arme nucléaire et les problèmes d'armes.

La seule évocation d'un moment partagé avec Orin, juste Emmy et Orin, était comparable au chocolat pour un diabétique – riche, délicieux et qui met l'eau à la bouche – mais totalement proscrit.

Elle se lassa vite du film et se mit à contempler le plafond. Depuis la mort de Zach, elle n'avait fréquenté personne – personne ne l'avait attirée – mais elle devait admettre qu'il la faisait vibrer dès qu'ils étaient ensemble. De plus, elle savait très bien qu'elle l'attirait tout autant. *On ne peut pas feindre une telle alchimie*, pensa-t-elle.

Je suis sûre qu'il y aurait des moyens...

Merde, Mox, pourquoi a-t-il fallu que tu me parles de ça ? Parce maintenant, elle ne pensait plus qu'à embrasser Orin Bennett. Passer ses mains sous sa chemise hors de prix, laisser ses doigts parcourir le relief de ses muscles, tâter sa queue au travers du pantalon. *Merde.*

Elle se demandait ce qu'elle ressentirait, étendu sous lui, son regard plongé dans le sien, alors que sa queue la pénétrait. Emmy se put s'empêcher de gémir et glissa ses mains entre ses jambes et commença à frotter son clitoris à travers son jean, alors qu'elle visualisait la scène où Orin Bennett lui ferait enfin l'amour. Elle se caressa jusqu'à atteindre un doux orgasme, puis ferma les yeux. Elle aurait voulu appeler Moxie sur son portable mais sa ligne n'était pas sécurisée et les mots qui seraient prononcés feraient vite boule de neige. Elle renonça au coup de fil.

Donc, comment faire pour que ça marche ?

Emmy soupira et sauta à bas du canapé pour aller prendre une douche qui, elle l'espérait, la distrairait de ses fantasmes.

MAX NEAL ACTIVISTE D'EXTRÊME-DROITE, avait disposé les photos sur la grande table de ferme de la cuisine. Dans les territoires ruraux de Virginia s'était constitué un petit groupe de collègues de confiance, élaborant ensemble une stratégie d'action. Max avait réalisé, dès l'élection d'Orin Bennett, qu'il était devenu le point de mire des services secrets et du FBI. Il avait donc, en apparence, dissolu son groupe, qui entra en clandestinité.

Ils étaient six maintenant et Max était le seul à avoir été mercenaire. Il ne s'expliquait pas vraiment pourquoi ces hommes le suivaient, lui, un riche héritier de l'aristocratie de Virginie, mais il l'acceptait. Il haïssait le nouveau président et avait été déçu que son ancien colocataire, Martin Karlsson, ait choisi de prendre ses distances. *Le traître.* Il avait hâte de commencer à gâcher la vie de Martin tout autant que de déloger Bennett du bureau ovale.

Il regarda le groupe réuni devant lui. « La pause est terminée. Notre première opération est prévue pour bientôt et on doit être préparé à la marquer par un peu d'action. »

. . .

L'UN DES HOMMES, maigre comme un clou mais assez musclé et nommé Steve hocha la tête. « Tout est prêt – ils risquent de nous voir venir mais c'est le but. S'ils pensent qu'on est désorganisés, ils ne pourront pas anticiper notre cible – cette fois-ci. »

Max sourit. « Ce qui m'amène à ceci. » Il s'approcha du tableau sur lequel avaient été punaisés cinq des six clichés. « Les gens qui assurent la protection du président. Le patron de sa garde rapprochée est Lucas Harper. Il dirige une petite équipe, dédiée à la sécurité du présent. Ses agents sont : Duke Hill, Gregory Stein, Walker Lamb, Jordon Klee », énonça-t-il en pointant chaque photo du doigt. Il désigna la dernière. « Et il y a cet agent. »

Il accrocha le dernier portrait au tableau et les hommes commencèrent à siffler et crier. Max sourit. « Et oui. C'est l'agent Emerson Sati. Steve, je crois que tu as déjà croisé la route de cette adorable femme ? »

Steve grimaça. « Oui, son fiancé s'était mis en travers de la balle que je destinais à Kevin McKee. Une tragédie.

– Particulièrement pour la pauvre Madame Sati. Non qu'elle soit une faible femme. Recrutée dès sa sortie de Harvard où elle a obtenu une mention et première de sa promo quand elle a fait ses classes à Rowley. Ne vous laissez pas abuser par ce joli minois, elle est surentraînée. Enfin... »

Il ouvrit son ordinateur et cliqua pour lancer une vidéo qu'il avait téléchargée. « Regardez. Vous ne voyez rien ? »

Il les observait alors qu'ils regardaient la vidéo. Y figurait le président durant l'un des bals donnés en l'honneur de son investiture. Karl se mit à siffler. Merde, cette fille est *chaude*. Max regarda l'écran où évoluait Emerson Sati dans une robe rouge foncé, le dos entièrement dévoilé.

« Tu n'es pas le seul à le penser. Regarde qui d'autre est en train d'admirer la petite beauté. »

Il contempla leurs visages quand Steve éclata de rire. « Eh bien, regardez-moi ça. Le président aurait flashé sur un de ses agents ? »

Max affichait un sourire mauvais. « C'est exactement ce que j'en ai conclu. Ce qui fait de l'agent Sati notre objectif prioritaire. S'ils couchent ensemble, ça va la distraire.

– C'est peu probable, quand même, non ? »

Max haussa les épaules. « Qui sait ? Le président des États-Unis peut choper absolument qui il veut. » Il jeta un regard vers le portable et prit une mine lascive. « Et il la *veut*. »

Ils rirent un moment et Max ferma l'ordinateur. « Donc, voici les six personnes que nous devons surveiller de près. Je veux un rapport sur chacun de leurs déplacements. Je veux savoir quand ils vont aux toilettes, où ils font leur marché et qui ils fréquentent. Je veux tout savoir. »

Il désigna de nouveau la photo d'Emmy. « Et je veux savoir si elle couche avec Bennett. Si c'est le cas... elle sera la clé pour l'atteindre lui.

– Et si elle devient un obstacle ? »

Max sourit froidement. « Si Bennett est aussi fou qu'elle... il sera détruit quand elle prendra une balle à sa place. »

CHAPITRE SIX

« T u as dit quoi ? »

Moxie sourit à son vieil ami alors qu'ils étaient installés à l'Aspen Lodge, les quartiers privés du président à Camp David. Elle venait de raconter à Orin ce dont elles avaient discuté avec Emmy Sati. Il parut déconcerté, puis quelque peu choqué. Moxie riait. « Je lui ai dit qu'il devait exister un moyen.

– Pour l'amour du ciel, Mox. » Il se leva et commença à faire les cent pas, avant de se retourner vers elle. « Qu'a-t-elle répondu ? »

Le sourire triomphant, Moxie ne boudait pas son plaisir. « Elle a dit qu'elle t'attendrait après le cours de maths, derrière l'estrade.

– Oh, très drôle. J'avoue que ça fait un peu cour d'école. »

Orin s'assit et secoua la tête en souriant. « Je ne veux pas que les choses soient différentes la prochaine fois qu'elle sera chargée de ma protection.

– Si ça peut te consoler... elle aussi t'aime bien.

– Ça ne change rien, Mox. Ça n'est pas possible. »

Moxie soupira, cachant mal sa frustration. « Mec, JFK a trompé Jackie pendant tout leur mariage. On peut organiser quelque chose. Tu es au courant pour les souterrains sous la Maison Blanche, il y a les voitures banalisées... Allez, vis un peu.

– Tu es mon responsable du personnel, Mox.

– Pas en-dehors des heures de service. En repos, je suis d'abord ton amie. Et je vois bien combien... tu es seul.

– Baiser ma protection des Services Secrets ne va rien y changer. »
Il grimaçait et Moxie le remarqua.

« Le fait d'avoir une relation avec une femme de pouvoir ne nuirait en rien ni à toi, ni à la présidence. Allez. Vous avez tous les deux beaucoup à y perdre. Rien que ça vous met sur un pied d'égalité, non ?

– Emmy s'est portée volontaire pour un job où elle risque de prendre une balle pour moi. Elle m'est déjà bien, bien supérieure.

Moxie lui sourit gentiment. « Espèce de vieux romantique.

– Tais-toi.

– Bien », dit-elle en se levant. « Je baisse les bras. Écoute, Orin, penses-y, c'est tout ce que je te demande. On peut faire en sorte que ça marche. »

MOXIE LAISSA ORIN SEUL, assis sur le canapé, la tête dans les mains. L'idée était tentante mais honnêtement, il ne pouvait se permettre la moindre distraction en ce moment, même si rien n'était plus attrayant que l'idée de passer du temps seul avec Emerson Sati.

Les plus proches conseillers l'avaient mis au courant des derniers développements de l'enquête sur le Président Ellis et il savait que, à partir de ce qu'il venait d'apprendre, il se devait de prendre une décision quant à son pardon, décision qui ne ravirait pas ses ennemis. Brookes Ellis était mouillé jusqu'au cou dans des affaires de corruption – et pire encore, il était indubitablement impliqué dans un trafic d'êtres humains.

Orin secoua la tête. Il était incapable de comprendre que l'on ait un égo si exacerbé qu'on en soit contraint à tenter de contrôler les autres à ce point. Brookes Ellis avait prouvé, durant ses trois années de mandat, combien il se souciait peu de son peuple comme des responsabilités de sa charge. Les scandales se succédaient dans la presse mais le président semblait imperméable aux critiques et écartait simplement les attaques.

Son chef du personnel, Lester Dweck, avait également fait parler de lui. Il avait été épinglé par un journaliste du Washington Post qui avait assisté à une scène, lors d'une soirée arrosée, où il s'était targué de pourvoir procurer des "filles" à tous ses copains de beuverie. Dweck était un alcoolique notoire, déçu de ne pas avoir obtenu le "meilleur job" lui-même et détesté de tous, pas seulement par les membres du camp d'en-face mais également par son propre parti. Il avait de la chance ou était suffisamment malin pour détenir, et le faire savoir, des "dossiers" sur Brookes Ellis, qui l'avait, contre son gré, nommé responsable du personnel.

Ellis regretta amèrement cette décision. Dweck avait dénoncé son patron en échange d'un allègement de peine. Ellis nia avoir été au courant mais il était déjà trop tard. Le président venait d'être arrosé par les affaires.

Donc Orin savait que jamais il ne pourrait pardonner à Ellis – *merde*, il ne voulait pas lui pardonner. L'administration sortante l'emplissait de dégoût et il s'assurerait qu'ils seraient tous rapidement mis hors d'état de nuire, pour longtemps. Il avait exigé de ses enquêteurs que les affaires soient parfaitement ficelées avant d'annoncer qu'une grâce présidentielle n'était pas envisagée.

Donc, malgré toute l'envie qu'il avait de vivre une relation amoureuse avec une femme – sans même parler d'Emmy, Orin savait que le pays exigeait un engagement sans faille. Il espérait que les bonnes intentions de Moxie n'allaient pas remettre en question les échanges cordiaux qu'il entretenait avec Emmy – dont il devrait dorénavant se contenter.

Il se coucha, son inconscient tourmenté par des images d'Emmy, tous deux nus et haletants, faisant l'amour.

A QUELQUES KILOMÈTRES de Camp David, dans une petite université de campagne, un groupe d'hommes travaillaient tranquillement au sous-sol, sous le grand gymnase de l'établissement. Des affichettes annonçaient partout le championnat de basketball qui opposerait le lendemain l'équipe locale à leurs plus sérieux adversaires.

Les hommes travaillaient en silence et rapidement puis, une fois chacune de leurs tâches terminées, le meneur hocha la tête et ils quittèrent les lieux. Il vérifia que le corps du gardien était bien dissimulé. Demain, la déflagration s'entendrait à des kilomètres à la ronde, même à Camp David et ils offriraient ainsi au Président Bennett sa première grosse crise.

Et ce n'était que le début des horreurs qu'ils allaient déchainer sur le nouveau président...

CHAPITRE SEPT

L e bruit de coups frappés à sa porte réveilla Emmy en sursaut. Elle grogna en se retournant. « Laissez-moi dormir. » Elle vérifia l'heure. Dix heures. D'accord, elle avait *bien* fait la grasse mat'. Elle se leva et enfila son peignoir par-dessus son tee-shirt et son short q.

Elle ne s'attendait pas à voir ce qu'elle trouva en ouvrant la porte. Son cœur se serra un instant et sa respiration se bloqua.

Zach se pencha légèrement vers elle. « Salut, tu dois être Emmy ? »

Pas Zach. *Tim.* Elle aurait dû savoir qu'il reviendrait. « Salut. »

Le silence se fit pesant et son sourire s'assombrit. « Ce n'est pas le moment ? Je peux revenir ? »

Emmy cligna des yeux. « Non, non... je suis désolée, entre. »

Elle fit un pas de côté pour le laisser entrer, son cœur cognant bruyamment contre sa poitrine. Marge n'avait pas exagéré, c'était le double de Zach – ou peu s'en fallait. Il était un peu plus grand, plus mince peut-être mais il portait la même tignasse blonde, ses yeux étaient du même bleu... oui.

Elle resserra la ceinture de son peignoir autour d'elle. « Tim ? »

– C'est moi. Écoute, tu as l'air un peu secouée et je suis désolé de te déranger mais, Zach est là ? »

– Tim... désolée d'être brutale mais, qui es-tu ? »

Il sourit gentiment. « Désolé, je suis Tim Harte, le cousin de Zach. De Melbourne. »

Emmy fut submergée par la compassion malgré toute l'inquiétude qu'elle ressentait. Elle prit une profonde inspiration.

« Tim... je suis navrée de te dire que Zach est mort. Il y a un an. »

Elle observait sa réaction lorsque son sourire se mua en surprise horrifiée. « Quoi ? »

La bienveillance naturelle d'Emmy prit le dessus et elle prit le bras de Tim et le dirigea vers un fauteuil dans lequel elle lui indiqua de s'asseoir. Elle prit place face à lui « Il a été tué en service. » C'était si étrange – comment Tim pouvait-il encore l'ignorer ? Les quelques membres de la famille qui avaient assisté aux funérailles... l'un d'entre eux l'en aurait normalement prévenu. « Tim ? Ta famille ne t'a donc rien dit ? »

Tim secoua la tête. « Non... je ne parle plus avec la majorité d'entre eux. Ils peuvent être... euh, ce ne sont pas les personnes les plus gentilles. »

Amen, pensa Emmy, avant de se souvenir de quelque chose. « Attends... tu es le cousin qui est parti pour l'Australie ? »

Tim acquiesça, toujours blême. « Oui, c'est moi. Je n'ai gardé le contact avec personne mais Zach et moi nous écrivions de temps en temps, une ou deux fois par an peut-être, mais c'était mon dernier lien avec la famille. Zach est le seul être digne d'être connu dans cette famille. *Était*. Seigneur. » Il enserra sa tête entre ses mains et Emmy en était émue aux larmes.

« Je suis désolée, Tim. Écoute, je nous fais du café et on va discuter. »

Elle partit dans la cuisine préparer le café, son esprit tourbillonnant. Le cousin de Zach. Zach lui en avait parlé, succinctement, mais suffisamment pour qu'elle reconnaisse en Tim le seul parent respecté par Zach. Elle n'avait aucun doute sur son identité – leur ressemblance était invraisemblable – mais sa formation prenait parfois le pas. Elle s'assurerait dorénavant de le croire sur parole.

Elle lui apporta son café et lui sourit timidement. « Donc, tu n'as pas entendu parler de Zach sur internet ?

– Je ne suis pas un fan d'informatique. Bon sang, ma fille dit que je suis un dinosaure quand il s'agit des nouvelles technologies.

– Tu as des enfants ? »

Tim sourit faiblement. « Deux vieux adolescents qui parlent avec l'accent australien. Leur mère, Lindy et moi avons divorcé mais ça se passe bien et j'en suis ravi. »

Emmy lui sourit. Il semblait être si gentil. « Donc, tu t'es bien intégré là-bas ?

– Parfaitement. J'ai un ranch à l'extérieur de Melbourne. Écoute, Emmy. Pour Zack... je suis désolé. Je sais combien il t'aimait et combien tu devais l'aimer toi aussi. Tu as dû vivre un enfer. »

Emmy hocha de la tête. Cet homme était, tout comme Zach, chaleureux et bienveillant et elle se surprit à se détendre en sa compagnie. « Le jour où Zach a été tué a été le pire de toute ma vie. Je me suis sentie... anéantie.

– Et maintenant ? »

Elle lui fit un sourire triste. « Je gère. »

Tim se pencha vers elle. « Écoute, je sais que ça doit être encore très difficile pour toi et j'espère que le fait que je sois venu ne rouvrira pas ta blessure. » Il l'observa un instant. « Tu as de la famille ici, Emmy ? »

Elle secoua la tête. « Zach *était* ma famille. Ma voisine, Marge, est une bonne amie, comme une maman... Je suis désolée, c'est bizarre de bavarder si naturellement avec un étranger mais tu es vraiment la copie conforme de Zach. »

Tim sourit et s'apprêtait à parler quand le bipper d'Emmy se mit à sonner. Elle était confuse mais attrapa son sac. « Je suis désolée, c'est le boulot ? Je dois répondre.

– Bien sûr, vas-y. »

Emmy lut le message et se décomposa, sous le regard inquiet de Tim.

« Hé, tu vas bien ? »

Elle secoua la tête et leva les yeux vers lui. « Non. Il s'est passé quelque chose. »

CHAPITRE HUIT

La voiture d'Emmy tentait de se frayer un chemin entre les groupes de journalistes fébriles, les véhicules de secours et les parents hystériques. Dès qu'elle l'aperçut, en train de répondre aux questions de son équipe, elle se gara et se dirigea vers Lucas Harper.

« Salut, Lucas.

– Emmy, écoute. Le Président a entendu parler de l'attaque à la bombe et il a immédiatement voulu nous rejoindre. Je lui ai dit qu'on ne pouvait pas l'autoriser tant que les lieux ne seraient pas totalement sécurisés et à la condition de ne pas entraver le travail des secours. »

Emmy approuva, constatant les visages terrifiés des étudiants et des parents. « Combien ?

– Le dernier chiffre était de trente-deux. Y compris le gardien, qui a dû être tué, nous le croyons, dès hier soir – manifestement au moment où ils posaient les bombes. Des pains de plastique avec minuteur. Heureusement – si on peut dire dans ces circonstances – le gymnase commençait juste à se remplir. Dix minutes plus tard et c'aurait été un carnage. » Il soupira, secouant la tête. « Il n'y a aucune chance que je laisse le Président venir ici maintenant. Ça ne ferait que déconcentrer les équipes de sauveteurs.

– Comment va-t-il ? »

Lucas secoua la tête. « Pas fort. Il est dévasté qu'une chose pareille ait pu se produire, comme tu peux l'imaginer. Nous ne pouvons interpréter cette attaque, perpétrée si près du président, que comme un avertissement.

– Je suis d'accord.

– Je suis désolé pour tes vacances. »

Emmy lui sourit. « Lucas, allons, ne t'inquiète pas pour ça. Tu veux que je protège le Président ?

– Oui, de près. Je sais qu'il aime bavarder avec toi, je pense que tu lui seras de la plus grande aide. »

Emmy fronça les yeux. Était-elle employée comme nourrice ? Lucas devina se pensées. « Em, tu es un atout. Que le Président se confie à toi est un *atout*.

– Lucas, les seules confidences qu'il m'ait faites jusqu'à présent concernent le chien qu'il a l'intention de prendre.

– C'est un début. »

EMMY SE RENDIT DONC à Camp David où elle fut accueillie par Duke. Il l'interrogea sur les événements. « Putain », dit-il simplement. Elle n'arrêtait pas de revoir les visages douloureux des étudiants et des parents. En un instant, la sécurité de son monde s'était évanouie. Elle se remémora des instants avant et après qu'on lui ait annoncé la mort de Zach.

Tout s'arrête, juste comme ça.

« Lucas m'envoie auprès du Président. »

Duke hocha la tête. « Il est dans la salle de réunion Aspen avec Moxie et Charlie Hope. La Vice-présidente est restée à la Maison Blanche. »

Ils marchèrent jusqu'à la salle et Greg les laissa entrer après un bref compte-rendu.

« Ils sont en train d'envisager une déclaration publique à la Nation. Moxie pense qu'il devrait rentrer à la Maison Blanche.

– Peut-être. Si leurs attaques à la bombe se produisent tout près d'ici, c'est une menace manifeste.

– Oui. »

Dans la pièce, Orin Bennett était en pleine conversation avec ses conseillers. Lorsqu'il leva les yeux et hocha la tête, Emmy lut dans son regard toute la tristesse qui l'accablait. Elle lui répondit d'un signe de tête et lui fit un sourire rassurant. Ce n'était pas le moment de réconforter le Président, elle était en charge de sa *protection*.

ORIN ÉTAIT OCCUPÉ à argumenter avec Moxie. « Non, Moxie, rentrer à la Maison Blanche serait un aveu de faiblesse – ça signifierait que je prends la fuite. On ne sait toujours pas qui est derrière tout ça, ni s'ils avaient l'intention de s'en prendre à nous. Ce serait tellement méprisant de partir alors que je pourrai peut-être me rendre utile ici. »

Moxie et Charlie se consultèrent silencieusement et Moxie soupira. « Très bien. La Vice-présidente Hunt a rédigé un communiqué mais ne publiera rien avant que vous ne vous soyez exprimé. »

Kevin McKee prit la parole. « Le communiqué est pratiquement prêt et nous travaillons encore sur votre déclaration en direct. En fait, si je peux me permettre, Monsieur...

– Pas maintenant. Merci, Kevin. » Orin lui signifia d'un geste de la main qu'il n'avait plus besoin de lui. Il risqua un coup d'œil vers Emmy et apprécia le petit sourire qu'elle n'était pas parvenue à dissimuler. Que ne donnerait-il pas pour sentir ses bras autour de lui ?

Concentration. Des enfants étaient morts. Seigneur, il ne pouvait imaginer la douleur de ces parents. Il mit fin à la réunion et demanda que soient installés les caméras et les éclairages. « Je ferai mon allocution ici mais je veux qu'elle soit formelle.

– C'est comme si c'était fait, monsieur le Président. »

Moxie et Charlie étaient restés. « Dites, agent Hill, vous voulez bien raccompagner Moxie dans ses quartiers ? Son agent a été envoyé en renfort.

– Bien entendu, monsieur. »

Moxie leva les yeux au ciel mais ne dit mot. Elle envoya un clin d'œil à Emmy en quittant la salle.

RESTÉE SEULE AVEC LE PRÉSIDENT, Emmy resta silencieuse, lui laissant l'initiative de démarrer une conversation. Il se frotta les yeux et soupira, lui souriant tristement. « Vous étiez sur les lieux, je crois ?

– Oui, monsieur le Président.

– Ils ne veulent pas que je m'y rende.

– Puis-je être honnête avec vous, monsieur le Président ? »

Orin sourit. « Bien sûr, Emmy. Et s'il vous plait, quand nous sommes seuls, appelez-moi Orin. Venez vous asseoir. »

Elle hésita un instant, avant de hocher la tête et se le rejoindre sur le canapé. « Orin, votre présence là-bas en ce moment ne provoquerait que des problèmes supplémentaires. Il nous faudrait sécuriser le périmètre ce qui pourrait empêcher les parents de récupérer leurs enfants ou les informations dont ils ont besoin. Je sais que ce n'est pas ça que vous souhaitez. »

Orin soupira. « Vous avez raison.

– Attendre demain semble plus approprié pour apporter votre soutien aux victimes et présenter vos condoléances, mons... Orin. »

Il lui sourit, le regard doux. « Emmy, merci d'être rentrée de congés pour venir. Vous n'imaginez pas combien voir votre joli visage m'aide. Je sais que ce n'est pas approprié de vous parler comme ça mais j'avais besoin de vous le dire. »

Emmy ne savait que répondre, son visage empourpré de timidité – et de plaisir. Seigneur, cet homme... elle n'a aucune idée de comment ça a pu se passer, mais un instant plus tard, ses lèvres se retrouvèrent contre les siennes et ils s'embrassaient. Elle fut submergée par de douces sensations, si intenses qu'elle en perdait la raison. Il passait délicatement le bout de ses doigts contre sa peau. Seigneur, ce baiser... *attend. Qu'est-ce qu'elle était en train de faire ?*

Emmy se redressa brutalement. « Je suis vraiment désolée, monsieur le Président.

– Non, non, je suis désolé, c'était... je suis désolé. » Il avait lui aussi rougi violemment et il se leva, gêné. « Je suis désolé, mais pas tant que ça, Em. Je ne peux pas m'en empêcher. »

Emmy se campa devant lui. « Je pense que je devrais peut-être être affectée ailleurs, monsieur le Président.

– S'il vous plait, non. Je suis désolé, c'est entièrement de ma faute. Je n'aurai pas dû et ça ne se reproduira pas, je vous le jure. Mon Dieu, où avais-je la tête ?

– Monsieur, c'est bon, il ne s'est rien passé. Vous subissez un gros stress et la journée a été chargée d'émotion pour tous. Franchement, c'est oublié. » Emmy espérait qu'il la croirait.

Orin l'observa un instant. « Je jure qu'à partir de maintenant, je garderai mes sentiments pour moi. »

Malgré la situation, Emmy éprouvait une certaine satisfaction qu'il soit attiré vers elle. « Monsieur, je préfère, en effet. J'aimerai également que tout ça reste strictement entre nous, mais si vous pensez devoir en parler à Lucas Harper...

– Je ne vois pas pourquoi. » Il lui sourit. « Écoutez, Emmy, j'apprécie les moments passés à bavarder avec vous. Pouvons-nous être amis ?

– Bien sûr, monsieur le Président. »

Le regard qu'ils échangèrent était chargé d'un désir manifeste mais aussi de regrets. Jamais ils ne pourraient être ensemble. Orin tendit une main que serra Emmy.

« Amis ?

– Amis. »

CHAPITRE NEUF

Orin Bennett étreignait la femme dont la petite fille était morte dans l'attentat. Il refusa l'accès à la presse, malgré les ordres de Kevin. Apporter son réconfort aux survivants et aux familles des victimes était une démarche de compassion, en rien motivée par la quête de popularité. Parcourant les vestiges du gymnase et de ses alentours, Il avait été frappé par l'horreur de ce qui s'était produit. Des corps gisaient encore dans les gravats. Le nombre de victimes s'élevait désormais à quarante-quatre personnes et Orin consacra du temps à chacune des familles endeuillées.

Il se rendit ensuite à l'hôpital local pour rencontrer les survivants, certains d'entre eux atteints de blessures terribles. Orin passa des heures auprès d'eux, prodiguant des paroles réconfortantes, s'éclipsant naturellement s'ils en exprimaient le désir. En fin de journée, il finit par autoriser quelques journalistes à l'accompagner, à la seule condition que l'accent soit mis sur les victimes et non sur lui.

Lorsqu'ils rentrèrent enfin à Camp David, Orin était épuisé. Il réunit ses plus proches collaborateurs et Lucas Harper pour analyser les multiples revendications dont ils étaient déjà inondés.

« Comme d'habitude, la plupart de ces revendications émanent de cinglés et peuvent être mises directement au panier. On en reçoit toujours au moins une dizaine de la part du même groupe de barjots qui seraient bien incapables de faire apparaitre un attentat comme celui-ci depuis leur trou du cul. Pardonnez mon langage, monsieur le Président », avait ajouté Lucas.

Orin sourit. « Vous êtes pardonné. Donc, venons-en aux revendications crédibles. »

– Le groupe le plus susceptible d'avoir préparé cet attentat est une cellule dissidente d'extrême-droite dirigée par Max Neal. Monsieur le Président, comme vous le savez, nous pensons que Martin Karlsson pourrait encore nous être utile. »

Lucas s'éclaircit la gorge et se tourna vers Charlie Hope, qui hocha la tête. « Monsieur le Président...

– Nous souhaitons que vous renonciez à votre annonce concernant le refus de votre grâce », finit Charlie. « Si le communiqué est publié, Karlsson pourrait prendre peur et se rallier à ses anciens amis. A l'heure actuelle, il pense qu'il y a encore une chance pour que son mentor, Ellis, se justifie. Il sera peut-être enclin à nous parler et tout – tout – ce que l'on peut obtenir de lui peut nous aider. » Il se pencha en avant, s'assurant d'avoir capté toute l'attention de son vieil ami. « Monsieur le Président, je peux vous assurer que cet attentat, aussi horrible qu'il ait été, n'est que le début d'une longue série. Max Neal est un suprématiste blanc psychopathe et un terroriste. »

Orin secoua la tête de dégoût. « Qu'est-ce qu'il veut ?

– Honnêtement ? Max Neal veut vous faire tomber, faire tomber n'importe quel président qui n'adhère pas à sa vision néonazie du monde. Cet homme est une merde, monsieur le Président et il ne s'arrêtera pas tant qu'il n'a pas tué autant de monde que possible. Un carnage, c'est ça que veut Max Neal, monsieur et rien ne l'arrêtera. »

Moxie laissa les autres quitter la pièce et il lui sourit. « Quelle journée, Mox.

– Horrible, mais c'est le boulot, Orin. Et on en aura d'autres comme ça. »

Ils restèrent assis en silence pendant quelques minutes avant qu'Orin ne s'exprime doucement. « Ellis est coupable, Mox. Il est impensable que je lui pardonne.

– Je sais. »

Il étudia son visage. « Penses-tu que ces malades vont recommencer ? »

Moxie soutint calmement son regard. « Je pense qu'il n'y a aucun doute. Dès qu'ils prendront conscience que leur précieux Brookes se dirige tout droit vers la case prison, ils vont déclencher les hostilités. Personne n'est à l'abri. »

EMMY ASSISTAIT au rapport du lendemain matin, son esprit la ramenant sans cesse au baiser échangé la veille. Bon sang, si quelqu'un l'apprenait... Elle reporta son attention sur ce que Lucas avait à dire.

« Bien évidemment, suite à cet attentat, nous avons renforcé la sécurité autour du Président et des membres-clé de l'administration. Nous augmentons le nombre d'hommes pour la surveillance rapprochée et d'autres viendront vous aider. »

Il soupira. « Écoutez, on a tous passé des journées difficiles mais ça n'est pas le moment de relâcher notre attention. Dans quelques jours, le Président Bennett va annoncer qu'il n'accordera pas de grâce au Président sortant Ellis et j'ai bien peur que les cinglés ne deviennent... encore plus cinglés et là, la menace sera partout. Le Président a accepté d'attendre *après* notre entretien avec Martin Karlsson pour publier son annonce. »

Duke leva la main. « Et comment on s'organise ? Est-il en état d'arrestation ? »

« Non. Il lui a poliment été demandé de participer à une entrevue et il a accepté volontiers de nous accorder son aide. On la joue gentils mais je veux que les questions importantes soient posées. Emmy, Duke, vous dirigerez l'entretien.

– Il ne sera pas vexé de n'avoir que de simples agents pour interlocuteur ? »

Lucas haussa les épaules. « J'en ai rien à foutre. »

Quelques rires fusèrent. « Écoutez, les gars, nous savions dès le début de cette administration que rien ne serait facile. Je crois en vous. Merci. C'est tout pour l'instant. »

Ils quittaient la salle lorsque Lucas rappela Emmy. « Tu as une seconde ? »

Emmy hocha la tête mais son cœur s'arrêta de battre un instant. *Merde.* Avaient-ils été démasqués ? Mais Lucas lui sourit. « J'ai entendu beaucoup de chose à ton sujet. Le Président dit que tu t'es rendue très utile à Camp David. C'est toujours un atout de disposer d'un agent capable d'agir comme confidente de la personne qu'il protège et on dirait que c'est toi, cette fois. Bon boulot, Em. »

Putain. Elle se sentait terriblement coupable alors qu'elle le remerciait et tourna les talons pour sortir de la salle. Dès son retour au bureau, Duke remarqua son expression.

« Oho. Qu'est-ce qui se passe ? »

Elle hésita puis désigna la porte du menton. « On peut aller marcher ?

– On *peut* marcher. Laisse-moi t'expliquer la théorie de l'évolution », railla-t-il. Elle relâcha un peu de pression.

« D'accord, prétentieux, peut-on aller marcher ? »

Il la suivit en souriant. « Tu te sens coupable de ton petit flirt avec le président ?

– *Duke !* » Emmy secoua la tête. « Sérieusement, et si quelqu'un t'entendait... De toute façon, c'est choquant quand tu me parles de ma vie sexuelle inexistante.

– Em, tu es mon amie. Je n'ai pas envie de *penser* à ta vie sexuelle, encore moins en entendre parler. Sans vouloir t'offenser.

« Ça va. » Emmy étudia son visage. « Il ne se passe rien.

– Allons, Em, tu as flashé sur lui, non ?

– Oui, mais je suis aussi dévouée à mon travail. » Elle baissa le ton. « Duke... Zach a donné sa vie pour protéger Kevin McKee. Tu crois vraiment qu'il apprécierait que je gâche tout ce pour quoi je me suis toujours battue ? Je ne peux pas. Je ne ternirai pas sa mémoire comme ça.

– Il voudrait que tu sois heureuse, Em. Écoute, ce n'est pas la peine d'en faire un drame. Merde, depuis des années tu as entendu des rumeurs autour des présidents précédents. Ils recevaient discrètement plus de femmes que de chefs d'états étrangers.

– Oui, mais elles n'étaient pas censées assurer leur protection, bon sang.

– On verra le moment venu. » Duke haussa tranquillement les épaules et curieusement, son attitude nonchalante finit par l'apaiser.

« On pourrait parler d'autre chose maintenant ? »

Duke lui fit un grand sourire. « Bien sûr. Donc, quand est-ce que Karlsson nous rend visite ?

– Jeudi. Allons préparer notre interrogatoire. »

Si Orin et Emmy avaient pu imaginer un instant qu'ils étaient les deux seules personnes au monde à savoir qu'ils s'étaient embrassés, ils se trompaient. Un observateur avisé les avait vus par la fenêtre et n'avait pu que constater le désir qui se lisait dans leurs yeux. Orin Bennett et Emerson Sati se désiraient... *ardemment.*

Que l'espion décide de garder l'information pour lui ou non... tout allait dépendre... de l'utilité de ce qu'il pourrait obtenir grâce à cette information.

L'observateur sourit intérieurement et saisit son téléphone prépayé pour appeler Max Neal.

CHAPITRE DIX

« B œuf ou poulet ?
– Bœuf », répondirent en chœur Emmy et Tim. Ils éclatèrent de rire et firent tinter leur verre.

« Les grands esprits se rencontrent. »

La serveuse sourit et s'éloigna de leur table. Ils s'étaient assis en terrasse. La journée était merveilleusement douce aujourd'hui à Washington et Emmy souriait à son nouvel ami. Le restaurant Tex Mex, qu'ils avaient choisi, avait été le préféré de Zach et Emmy mais elle n'y était pas venue depuis au moins un ou deux ans. Elle fut soulagée que le personnel ait changé, ils n'auraient ainsi pas à répondre à des questions sur la ressemblance entre Tim et Zach.

Et cette dernière était extraordinaire. Emmy se demanda s'il était convenable qu'elle passe autant de temps avec Tim. Après leur première rencontre, Emmy l'avait appelé pour s'excuser d'avoir dû partir brusquement mais Tim n'en fit rien. « Écoute-moi, je comprends. Mais j'aimerais te revoir. J'aimerais discuter encore avec toi. »

Emmy était emballée et ils passèrent un peu de temps ensemble pendant les congés d'Emmy. Tim était drôle, cultivé et gentil. Et même si c'était douloureux pour Emmy de fréquenter quelqu'un qui lui rappelait à ce point Zach et à ce qui aurait pu être, Emmy chérissait sa présence, qui l'apaisait autant qu'elle la distrayait des tourments qui l'agitaient.

« Donc, dit Tim, qu'est-ce qu'il faut avoir vu dans cette ville ? J'ai déjà fait le tour des McNuggets. »

Emmy éclata de rire. « Les McNuggets ?

– Tu sais, cinq minutes aux Archives nationales suivies par Apollo 11 et le diamant Hope !

– Oh, mon Dieu, mec, tu es inculte. » Emmy prétendait désapprouver. « Je vais devoir t'apprendre. Tu veux faire la visite de la Maison Blanche ?

– Je pensais que ça n'était plus possible.

– Ils ont arrêté les visites de l'aile ouest après le 11 septembre mais je peux te faire entrer. Tu devras être accrédité par mon boss, bien sûr, donc si tu as des secrets obscurs, tu ferais mieux de m'en parler maintenant.

– J'ai fait quelques conneries au collège.

– Qui n'en n'a pas fait ?

Il estima sa petite stature d'un regard vertical. « Je ne vois pas.

– Tu doutes de mes capacités à me lâcher ? » Emmy appréciait ces taquineries et, même après si peu de temps, elle avait l'impression de le connaître de longue date. « Andouille. »

Tim trinquait avec Emmy en souriant lorsque leur plat de fajitas crépitantes arriva et ils se mirent à gémir de plaisir aux délicieux parfums d'épices.

« D'habitude, je ne mange pas de fajitas en public », avoua Emmy, « parce que j'arrive toujours, *toujours* à me mettre du guacamole partout. »

Tim fourra immédiatement son doigt dans le guacamole et l'étala sur son nez. « Voilà. Maintenant tu peux l'étaler. »

Emmy riait tant qu'elle s'étouffa avec sa nourriture. « Arrête, idiot. Écoute, tout à l'heure, je vais avec Marge voir notre chien au refuge. Tu veux venir avec nous ?

– Je ne raterai ça pour rien au monde. » Tim paraissait enthousiaste. « J'adore les chiens. Et ce sera l'occasion de passer plus de temps avec Marge. »

Tim avait charmé la vieille dame, au point qu'elle avait troqué son habituel coca pour une bière Sam Adams, dégustée en compagnie de Tim. Il flirtait avec elle et elle gloussait de bonheur à chacune de ses blagues grivoises. Marge avait validé la présence de Tim dès la première soirée qu'ils avaient passée tous les trois. « Gentil garçon. »

Emmy leva les yeux au ciel. « Garçon ? Il est bientôt quarantenaire, Marge.

– Peu importe. Vous auriez pu trouver pire, ma chère. »

Ses paroles avaient contrarié Emmy mais, maintenant qu'ils étaient tous les deux, elle comprit ce que Marge voulait dire. Tim était facile, pas de secrets, pas de malice – même s'il était clairement brillant. Il lui avait raconté comment son envie de visiter l'Australie l'avait empêché d'aller à l'université. En grandissant toutefois, il avait lui-même comblé ses lacunes en lisant, en suivant des cours, en restant curieux de tout ce qui l'entourait.

« On pense qu'il est inutile d'éduquer la jeunesse », dit-il alors qu'il parlait de tout ce qu'il avait appris. « C'est vrai. Il y a tant à apprendre, Emmy. » Il l'observa. « Tu es allée à Harvard, je crois ? »

Emmy hocha la tête. « En alternance. J'avais réussi mes examens au collège, à la Nouvelle Orléans, mais ma tutrice a voulu que je poursuive, et que je commence un master. Elle a organisé toute ma scolarité. Je suis allée à Harvard ensuite et j'y ai été recrutée.

– Qu'as-tu étudié ?

– La psychologie criminelle. »

Tim s'adossa, manifestement impressionné. « Tu es une bête.

– Ha ! Pas vraiment. » Emmy avait rougi à ce compliment. Elle consulta sa montre. « Mais je *suis* en retard ! Je dois être au boulot à trois heures.

– Je te dépose chez toi. »

Sur la route du retour vers Georgetown, Tim la regarda. « Dis, demain, c'est vendredi – tu travailles demain soir ?

– Malheureusement, oui », soupira Emmy sans en penser un mot.

Travailler signifiait voir Orin et... « Que dirais-tu de samedi soir ? Tu es libre ? On pourrait aller voir un film par exemple ?

– Bonne idée. » Il lui sourit, d'une façon qui ressemblait tant aux expressions de Zach que son cœur se serra de chagrin. Elle se demanda un instant si elle devrait demander à Marge de les accompagner, mais abandonna vite l'idée d'un chaperon pour la soirée. Tim savait qu'ils n'étaient qu'amis. Sa paranoïa n'y changerait rien.

Duke l'attendait déjà lorsqu'elle arriva au bureau. « Martin Karlsson sera là dans une heure et Lucas veut te voir. »

Pourquoi ces simples mots déclenchaient-ils maintenant la peur en elle ? *Ils n'avaient partagé qu'un seul baiser et personne ne les avait vus. Calme-toi.*

Elle rejoignit donc Lucas. « Salut, Em, entre. »

Lucas semblait de bien belle humeur. « Nous avons peut-être une piste pour les terroristes », annonça-t-il en lui tendant un dossier. « Un fermier des environs a remarqué une activité suspecte sur ses terres, près d'une grange qu'il n'utilise plus depuis des années. Rien de tangible mais il s'est aperçu que la lumière extérieure avait été laissée allumée. Il ne l'aurait jamais remarqué s'il ne s'était pas levé au milieu de la nuit. Il est allé vérifier sur place dès le lendemain matin et les portes avaient été forcées. Il n'a trouvé que des fertilisants à l'intérieur.

– Ce qui n'est pas étonnant dans une ferme.

– Non. » Lucas lui sourit. « Jusqu'au moment où tu réalises que le fermier n'avait aucune idée de la façon dont ces bidons étaient arrivés là. Il a interrogé ses ouvriers – comme nous l'avons fait également – mais aucun ne semblait être au courant.

– Je ne comprends pas. C'est du C4 qui a été utilisé au gymnase, pas des fertilisants.

– Je sais. Mais on ne peut pas ignorer cette piste, surtout dans la mesure où la ferme ne situe à moins d'un kilomètre de Camp David. »

Emmy approuva d'un hochement de tête. « D'accord. » Elle étudia l'expression de son mentor. « Je ne veux pas gâcher la fête, patron, mais tu appelles ça une piste ? »

Lucas s'assit. « Je sais. Ça n'est pas brillant mais, au point où on en est, on enquête. Si on peut trouver d'où provenait les fertilisants, on aura peut-être une chance. Les hommes de Max Neal se cachent tellement bien qu'ils sont devenus introuvables. Ça ne me rassure absolument pas. Vous avez rendez-vous avec Martin Karlsson ?

– Oui, monsieur.

– Le moindre indice peut nous être utile. Mettez-le en confiance, Emmy.

– Oui, Monsieur. »

EMMY ALLA CHERCHER Martin Karlsson à la réception et fut surprise qu'il se souvienne d'elle. « Agent Sati, ravi de vous revoir.

– Moi également, M. Karlsson. Voulez-vous me suivre, je vous prie ?

– Bien sûr. »

Ils marchèrent en silence jusqu'au bureau. Emmy lui offrit un café. « Non, merci, mais je prendrai un verre d'eau glacée si c'est possible.

– Pas de problème. »

Emmy servit son verre à Karlsson et se mit en quête de Duke. « Karlsson est arrivé. »

Martin Karlsson leur souriait alors qu'ils le retrouvèrent dans le bureau. « Ah, agent Harte, re-bonjour.

– Merci d'avoir répondu à notre invitation, M. Karlsson.

– Martin. Je vous en prie. Je sais pourquoi vous souhaitiez me parler.

– Max Neal. »

Karlsson approuva de la tête. « Messieurs, même si l'administration actuelle me cause beaucoup de problèmes, je vous assure que, si Max Neal est impliqué de près ou de loin dans l'attentat à l'université, je ferai tout ce qui est en mon pouvoir et vous transmettrai les moindres informations dont je dispose, pour vous aider à le capturer. »

Emmy était impressionnée par l'aplomb de cet homme. De son point de vue, Karlsson était sincère, mais elle savait aussi que la première impression n'est pas toujours la bonne. Elle ne pouvait pas se permettre de ne se fier qu'à son instinct même s'il l'avait souvent aidée.

« Martin, seriez-vous assez aimable pour nous expliquer comment vous avez fait la connaissance de Max Neal.

– Nous nous sommes rencontrés à Princeton. Nous étions membres de la même association, dont la philosophie et l'esprit se sont avérés trop frustrants et pas assez musclés pour Max. Il n'arrêtait pas de se plaindre que nous n'allions pas "assez loin", mais nous n'avons jamais réussi à lui faire dire ce qu'il entendait par "assez loin". Max était un solitaire, il ne fréquentait pas de fille, c'était un étudiant sérieux mais il passait ses soirées à rédiger des tracts et des manifestes. » Karlsson esquissa un sourire. « Bien sûr, tout ça, c'était avant internet, donc il n'y aura malheureusement aucunes traces. Il les écrivait à la main. Qui sait où ils se trouvent maintenant mais peut-être pourriez-vous fouiller le grenier de sa mère. »

Emmy sourit. « Bien, c'est un début. Mais sérieusement, monsieur, ne vous a-t-il laissé penser qu'il avait pu se rallier et se radicaliser auprès de groupes d'extrême-droite à l'époque ?

– Il connaissait parfaitement l'existence de ces groupes mais, à sa décharge, jamais il ne s'est jamais acoquiné à aucun d'entre eux. Pas à cette époque-là. Plus récemment par contre, quand le Président Ellis a pris ses fonctions, on a commencé à entendre parler du groupe de Max. Ce n'était apparemment qu'un groupe de conservateurs de peu d'influence. Max me contactait et je transmettais ses préoccupations aux conseillers du Président.

– Jamais directement au Président ?

– Non. Même si j'admirais profondément le Président Ellis, je ne faisais pas partie de son cercle de conseillers. Ce n'était pas envisageable, compte tenu de mon boulot.

– Limiter les dégâts ? »

Martin hocha la tête. « Exactement. Je me devais d'être discret, particulièrement ne pas me faire remarquer ni du chef du personnel ni de ses sous-fifres.

– Lester Dweck », dit Duke avant de jeter un coup d'œil à Emmy. Elle approuva.

« Quelle est votre opinion sur Lester Dweck ? » demanda-t-elle à Karlsson, dont le regard s'assombrit de colère en une fraction de seconde.

« C'est une sous-merde qui ne connaît pas la signification du mot loyauté. » Martin s'interrompit et prit une inspiration, avant de continuer en regardant au loin. « Désolé mais ce type me fait sortir de mes gonds.

– On dirait, en effet », dit Duke sèchement. Emmy montra plus de compassion.

« Puis-je vous demander, Martin, sur quoi est fondée votre loyauté envers le Président Ellis ? N'y voyez pas de malice de ma part, je vous assure que je suis simplement curieuse. »

Martin Karlsson hocha la tête. « Votre question est légitime, agent Sati. Le Brookes Ellis que je connais n'aurait jamais fait les choses dont on l'accuse. Sa politique était peut-être... un peu trop à droite parfois, mais le trafic d'êtres humains ? Je ne peux simplement pas le croire. »

Une idée frappa soudain Emmy. « M. Karlsson, êtes-vous un Démocrate ? »

Martin sourit. « Oui. Je sais, je sais... un Démocrate qui s'occupe de limiter les dégâts pour un Républicain peut sembler contradictoire. Mais c'est mon travail, en dépit de mon orientation politique. C'est la même chose pour vous – vous protégez le président peu importe vos préférences.

– En effet.

– Pourrions-nous revenir aux questions », rappela Duke. « Donc, quand avez-vous perdu le contact avec Max Neal ?

– Il y a environ un an, juste après que tout ça commence. Il a juste disparu. Je n'y ai pas vraiment prêté attention jusqu'à cette semaine, où vous m'avez contacté. Maintenant... je comprends mieux pourquoi il est considéré comme un possible suspect. La chose que je peux vous dire, c'est qu'il était enragé quand le Président Ellis a été destitué. *Enragé.* »

CHAPITRE ONZE

Plus tard, à la Maison Blanche, Emmy faisait son rapport à Lucas suite à l'interrogatoire de Karlsson. Lucas ponctuait de hochements de tête. « Oui, ça corrobore ce que les Renseignements nous ont dit. Neal a été vu dans le comté pendant la semaine, on a donc atteint le Code Ambre. Écoutez, je déteste avoir à demander mais... Hank est malade. Ça embêterait l'un de vous deux d'assurer le service à sa place ce week-end ?

– Pas de problème », répondit vivement Emmy, même si cela signifiait reporter son rendez-vous avec Tim. Elle ne culpabilisait pas tant que ça. « Lucas, je suis là donc j'y reste. Je vais rattraper mon retard de papiers jusqu'à ma prise de poste. »

Lucas lui sourit avec gratitude. « Tu es la meilleure. Écoute, j'ai entendu dire qu'il y avait des restes de brunch en cuisine. Va te servir avant qu'il n'y ait plus rien. »

Comme toujours, le moral d'Emmy remonta en flèche à la simple évocation de la nourriture et elle descendit rapidement au sous-sol. Depuis l'investiture, à chacune de ses visites en cuisine, elle avait repensé à la conversation qu'elle avait eue avec le président ce soir-là.

Orin. Il lui avait demandé de l'appeler Orin et maintenant, elle ne parvenait plus à le regarder comme le président. Dès qu'elle pensait à lui, la chaleur l'envahissait et son cœur s'emballait. Elle aurait voulu qu'il apparaisse, maintenant, mais la cuisine resta déserte. Elle se confectionna un sandwich et remonta dans son bureau vérifier les dernières informations.

Emmy était si concentrée dans son travail qu'elle ne remarqua pas l'heure. Elle réalisa soudain qu'il était presque vingt-trois heures trente et elle prenait son poste à une heure du matin. Elle descendit laver son assiette et était en train de l'essuyer lorsqu'elle entendit sa voix.

« Honnêtement, je pense que nous devrions rebaptiser cette pièce et l'appeler notre salle de réunion. »

Elle se retourna lentement et se trouva face au président qui lui souriait. Elle sentit ses joues s'embraser. « Nous semblons passer tout notre temps ici, monsieur le Président.

– Peut-être parce que nous sommes des gourmets. »

Emmy hocha la tête. Elle était déterminée à ne pas se laisser amadouer par ces grands yeux brillants. « Je vous le confirme, monsieur. J'étais la championne des concours de nourriture de ma classe à Harvard. »

Orin éclata de rire. « Vraiment ?

– Non, pas vraiment, mais j'aurais pu. » Emmy se sentait elle-même lorsqu'elle plaisantait avec lui, il était tellement bon public.

« J'ai cru comprendre que vous étiez bloquée avec moi tout le week-end, Emerson. Je vous prie d'accepter mes excuses. » Il ne paraissait pas désolé le moins du monde et elle ne put retenir un sourire.

« C'est une croix que je vais devoir porter, monsieur. » Bon sang, qu'elle aimait provoquer ce rire grave, profond.

« Je venais chercher de la crème glacée », dit-il. « En prendrez-vous un bol ?

– C'est bon, monsieur, merci.

– Je pensais que nous avions décidé que, lorsque vous ne travaillez pas, je suis Orin. »

Emmy désigna sa montre. « Je reprends officiellement le travail dans une heure.

– Ce qui signifie Orin.

– Très bien, d'accord, merci, Orin. Je préfère le salé.

– Vraiment ? Donc qu'est-ce qui vous fait envie, Emmy ?

– Ne dites rien au médecin en chef mais tout ce qui est salé, la viande ou les trucs miam. Je sais, ce n'est pas un mot mais une bonne pièce de viande grillée au feu de bois, ou même un sachet de très bonnes chips, je salive rien que d'y penser. » Elle le regarda déguster sa glace avec un plaisir non dissimulé. « Bec sucré, mons... Orin ? »

Orin se servit une d'autre belle portion de glace et sourit en voyant l'expression désapprobatrice d'Emmy. « Je sais, c'est mon vice.

– Le seul ? »

Il plongea son regard dans les yeux d'Emmy. « Le seul qui me soit autorisé pour l'instant. »

Une onde d'excitation la parcourut lorsqu'elle lut tout ce désir brut dans ses yeux. « Oui, monsieur.

– Orin.

– Oui... *Orin.* » Elle n'avait pas eu l'intention de se dévoiler mais sa voix était devenue plus basse et rauque.

Orin tendit le bras et caressa sa joue. Elle se figea. Il laissa retomber son bras. « Je suis désolé, Emmy. Je ne veux pas vous mettre mal à l'aise. » Il soupira et sourit tristement. « C'est la Loi de Murphy, rencontrer la femme la plus magnifique que j'aie jamais vue le jour où je deviens président – je ne peux rien y faire. Pardonnez-moi, ceci n'est pas approprié. »

« Monsieur le Président... pour information... » Emmy se sentait rougir. « Je ressens la même chose que vous. Mais ma mission est de vous protéger et je ne peux pas me permettre la moindre distraction. » Elle soutint son regard. « Si je perdais ma concentration, ne serait-ce qu'un instant – au *mauvais* moment – je pourrai vous perdre. Le *pays* perdrait un grand homme. »

Orin sourit et jeta un regard circulaire autour de lui. « Emmy... est-il possible qu'il se passe quelque chose ?

– Non, Monsieur. »

Il tendit la main vers elle. « Dansez avec moi. Savez-vous combien de fois j'ai eu envie de vous inviter à danser pendant le bal de l'investiture, Emmy ? Vous dans cette robe... bon sang. Chacun des hommes présents ce soir-là vous désirait. Particulièrement cet homme-*ci*. »

Emmy savait qu'elle aurait dû refuser. Tout lui criait de refuser mais elle n'y parvenait pas. Elle prit sa main et il l'attira contre lui. Il n'y avait pas de musique mais ils évoluèrent dans la pièce comme au son d'une mélodie. Sa main posée au creux de ses reins, elle ressentait la fermeté et la puissance de son corps athlétique. Tous ses sens en émoi, elle n'osait pas le regarder.

« Emmy », murmura-t-il. Il avait prononcé son prénom avec tant de tendresse qu'elle se remémora les moments passés avec Zach. Cette pensée la glaça. Elle se détacha de lui en esquissant un semblant de sourire.

« Je suis désolée, monsieur le Président. Je ne peux pas. » Elle prit une grande inspiration. « Monsieur, si vous préférez que je quitte votre service...

– Non », dit-il en lui souriant et secouant la tête. « Je suis désolé, c'était tout à fait inacceptable de ma part. Terminez votre repas, agent Sati. Je vous laisse tranquille. Bonne nuit.

– Bonne nuit, monsieur le Président. »

Et il avait soudain disparu. Emmy s'assit, tremblante. Que venait-il de se passer ? Elle n'avait pas été professionnelle mais elle comprenant l'attirance, qu'elle ressentait elle aussi. Seigneur, Sati, à quoi pensais-tu ? Si elle était restée une seconde de plus contre lui, elle savait sans aucun doute qu'ils se seraient embrassés – et alors ? Baiser dans la chambre Lincoln ?

Mon Dieu, le seul homme qu'elle désirait en ce monde était le seul qu'elle ne pourrait pas avoir – *jamais*.

Merde. Elle allait devoir demander son transfert à Lucas, quoi qu'Orin ait à en dire. Il ne fallait que ça se reproduise. Un instant de distraction et les hommes de Max Neal auraient le champ libre pour atteindre Orin. Et l'idée qu'il pourrait finir comme Zach la rendait malade, comme ce jour où elle avait appris la mort de Zach.

Bien sûr, ses sentiments pour Orin étaient-ils comparables à l'amour qu'elle portait à Zach ? La réponse fut immédiate.

Oui.

Putain ! Elle était tombée amoureuse de lui.

« Arrête d'être aussi conne », marmonna-t-elle, exaspérée et déboussolée. « Quelques petits moments sympas avec lui ? Ce n'est pas de l'amour, c'est une passade. »

Elle partit à la rencontre de Lucas. Son patron paraissait épuisé et sur le point de rentrer chez lui. Emmy sentit son courage l'abandonner. « Je voulais te dire, si tu veux un regard extérieur sur toute cette affaire, j'aimerais faire partie de l'enquête. »

Lucas lui tapota le dos. « Ne t'épuise pas, Em. Tu protèges le leader du monde libre et la tâche suffirait amplement à quiconque. »

MERDE...

CHAPITRE DOUZE

O rin était retourné au Bureau Ovale totalement bouleversé. Il devait trouver une activité qui le distrairait de ses sentiments pour Emmy Sati. Il demanda à l'imperturbable Peyton Hunt, la Vice-présidente, de lui rendre visite. Sa collègue et amie de longue date le considéra en silence avant de lui demander ce qui le perturbait à ce point.

« Je crois que j'ai besoin de faire des rencontres, » dit-il assez bizarrement. « A la fois pour nourrir la curiosité de la presse et pour ma propre tranquillité d'esprit. Mais je ne sais pas comment faire. »

Peyton lui sourit. Son aînée de quelques années, elle avait toujours assuré ce rôle de grande sœur auprès d'Orin et, jusqu'à son élection, il avait toujours imaginé que les rôles s'inverseraient et que ce serait-elle, Peyton, qui deviendrait la première femme présidente des Etats-Unis. C'est seulement lorsque Peyton lui avait annoncé, juste après avoir perdu son mari, qu'elle ne se présenterait pas aux élections, qu'il s'était aperçu qu'elle n'avait jamais voulu le job.

« Mais toi, Orin, lance-toi. »

Il lui avait dit qu'il ne se présenterait qu'à la condition qu'elle accepte d'être sa Vice-présidente. Elle avait fini par accepter.

Elle était maintenant assise en compagnie de son vieil ami et hochait la tête. « Je pense que c'est une bonne idée et, oui, ça pourrait assouvir la curiosité de la presse sur le sujet. Je sais que tu veux te concentrer sur tes priorités mais je pense que, pour représenter correctement le pays, tu as besoin de quelqu'un à tes côtés. » Elle l'observa un instant. « Tu as quelqu'un en tête ? »

Oui, oui, oui, l'adorable Agent des Services Secrets dont le bureau n'est qu'à quelques pas. « J'allais te demander si tu connaissais quelqu'un de... convenable. Seigneur, » il leva les yeux au ciel. « Qu'est-ce que *convenable* veut dire de toute façon ? »

« Eh bien, » commença Peyton en s'installant confortablement et en croisant les jambes. « Quelqu'un qui te correspondra en termes d'intelligence, de compassion. Quelqu'un qui te fera rire et qui te stimulera. En gros, une avocate défendant les droits de l'homme ou la représentante d'une association de bienfaisance. »

Orin soupira. « Tu en connais une ? »

« En fait, oui. Ça fait un moment que je pense à quelqu'un mais j'hésitais à t'en parler. Principalement parce qu'elle n'est pas célibataire depuis très longtemps, mais aussi parce que nous sommes encore dans la période critique des cent premiers jours. Mais tu penses être prêt ? »

Orin resta silencieux. Il aurait voulu pouvoir dire à sa vieille amie qu'il craquait pour Emmy Sati mais il ne voulait pas mettre la carrière d'Emmy en péril. Il avait toute confiance en Peyton mais tout ça était plus important que leur amitié. Non, il avait raison et il allait se tirer lui-même de cette situation. « Donc, qui est-ce ? »

« Nahla Delaney. C'est une avocate venant d'Angleterre et qui travaille désormais à Washington, pour le cabinet Kushner, Flint et Harrison. Il paraît même qu'elle doit devenir associée d'ici la fin de l'année. Féroce au tribunal, érudite, intellectuelle... et très drôle. Très belle aussi – pour info. »

Peyton prit son téléphone et fit défiler les photos. Elle tendit son téléphone à Orin. Nahla Delaney était très belle en effet : de longs cheveux sombres, les yeux noisette et un délicieux sourire.

« Elle est un peu plus jeune que toi, c''est une trentenaire, mais je pense que vous pourriez vous plaire. »

Orin lui rendit son portable. « Tu peux nous organiser un rendez-vous ? »

« Je lui demanderai bien volontiers. »

Orin sourit pour la remercier. « Comment vois-tu les choses ? »

« Evidemment, tu ne peux pas l'inviter au restaurant. On pourra donc organiser un dîner ici, dans tes quartiers privés. On fera venir un chef quatre étoiles. »

Orin parut quelque peu inquiet. « Putain... pour un premier rendez-vous ? »

Peyton se radoucit. « Bien, peut-être pas. Mais quoi qu'il en soit, on ne voudrait pas, si on lui posait la question, que Nahla dise qu'on ne lui a servi que des cornichons et un paquet de chips. »

Orin rit, gêné. *Un paquet de chips.* Emmy serait ravie. *Mais arrête un peu. Tu ne peux pas avoir Emmy Sati. Fais-toi une raison.*

« Bon, je te laisse gérer les détails. Qu'attends-tu de moi ? J'envoie des fleurs ? Une invitation ? »

« On va s'occuper de tout ça. »

« Ça n'est pas un peu trop impersonnel ? »

Peyton haussa les épaules. « Ça se passe comme ça dans les hautes sphères, Orin. »

APRÈS LE DÉPART DE PEYTON, Orin rejoignit la chambre Lincoln. Il pensait lire mais ses pensées le ramenaient toujours vers Emmy. Dès qu'il s'endormit, il se mit à rêver qu'elle frappait à la porte de sa chambre. Il la vit ôter ses vêtements et se diriger vers lui.

Il ouvrit les bras et elle s'y blottit immédiatement, sa peau contre la sienne, ses seins contre son torse nu. Elle passa ses bras autour de son cou et ses douces lèvres se posèrent contre sa bouche tandis qu'il l'enlaçait étroitement. Elle était si menue, si petite contre son grand corps. Il sut que c'était désormais à lui de la protéger. Ils commencèrent à faire l'amour. Dès qu'il introduisit sa queue dans son intimité brûlante, elle se mit à gémir, à répéter son nom alors qu'il la pénétrait plus profondément. Elle avait soudain disparu, avant même qu'il ait pu atteindre l'orgasme. Il s'était réveillé.

Emmy Sati était partie, encore une fois, hors de sa portée.

« Donc, » dit Tim le lundi soir suivant, alors qu'Emmy était enfin parvenue à bloquer une soirée ciné, « tu es sûre que tu n'auras pas à travailler ce soir ? »

Elle lui sourit. Plutôt que de sortir, ils avaient décidé de passer la soirée – chez elle – et regarder un film sur son écran plat. Emmy avait préparé un délicieux plat de pâtes et, le repas terminé, ils s'installèrent au salon avec une bière et un énorme saladier de popcorn.

Tim lui sourit et, sous la lumière tamisée, il aurait été facile de le prendre pour Zach. C'était injuste vis-à-vis de Tim, se dit Emmy. Tim désigna l'écran. « Tu as déjà vu ce film ? »

« Plusieurs fois. C'était l'un des films préférés de Zach et c'est pour ça que je l'ai choisi. » Elle soupira. « Tim, je voulais te dire combien je suis désolée que tu aies fait tout ce chemin pour Zach... il aurait adoré reprendre contact avec toi, j'en suis certaine. »

Tim trinqua avec Emmy. « D'accord, Em. Mais j'aurai au moins pu passer du temps avec toi et c'est déjà beaucoup. » Il hésita avant de poursuivre. « Je comprends pourquoi il est tombé amoureux de toi. » Elle croisa son regard et sourit.

« C'est la vérité. »

Il tendit le bras pour lui caresser la joue mais sa main retomba, sans l'avoir touchée et il détourna le regard, gêné. « Désolé. Je me laisse aller. »

Emmy avait envie de pleurer. « Ne t'inquiète pas. Honnêtement, Tim... il se passe quelque chose. Mais je ne sais pas si c'est à cause de ta ressemblance avec Zach – et ça n'est pas juste par rapport à toi. Tu mérites mieux. » Elle hésita. « Et il y a... quelqu'un. Quelqu'un avec qui je ne peux pas être mais que je dois essayer d'oublier. »

Tim sourit tristement. « Qui ne pourrais-*tu* pas avoir ? »

« Tu serais surpris. Ecoute, ce serait facile d'avoir une aventure avec toi, Tim, mais ce ne serait bon pour aucun de nous. En plus, tu as laissé ton cœur en Australie. » Elle sourit quand il prit sa main et la serra.

« Tu as raison, je sais. On peut toujours rêver, non ? »

Elle lui sourit en retour. « Ha, tu ne m'aimerais pas longtemps. Si

Zach était encore là, il te parlerait de ma boulimie, de mes ronflements, des miettes de cookies dans le lit. »

« Choquant. » Tim éclata de rire.

« Tu as vu ce dont je suis capable avec des fajitas. »

Tim fit mine de s'étrangler. « Je suis traumatisé. Un loup-garou
s'acharnant sur de la chair fraîche. »

« Je sais. Et tu ne m'as pas vue dévorer un steak. Ça n'est pas beau
à voir. »

« Je parie que tu ne prends même pas la peine de la cuire, que tu
l'apportes encore meuglant dans ton assiette. »

Emmy riait gaiement. « Tu vois, tu me connais déjà trop bien. »

« Et les gaz. Tu en connais un rayon, toi. »

Emmy éclata de rire. « Mec, si j'avais pété devant toi, tu t'en serais
rendu compte. »

« C'est toute cette viande. »

« Comme si un éleveur australien ne s'y connaissait pas en gaz. »

« Comme un bang supersonique. »

« *Dégueu !* » Leurs rires redoublèrent et, lorsqu'ils reprirent leur
souffle, Emmy lui sourit.

« Potes ? »

Tim lui tapa dans la main. « Potes, pour toujours. Regardons ce
film maintenant. Je vois qu'Alicia Vikander joue dedans. Quand je
rentrerai à la maison, je ... »

« Ne termine *pas* cette phrase, » l'interrompit Emmy en gloussant
en voyant sa mine malicieuse. « Je ne veux rien savoir. »

« D'accord. »

« Passe-moi le popcorn. »

« Si je veux. »

« Tais-toi. »

CHAPITRE TREIZE

N ahla Delaney était belle, intelligente et spirituelle, telle que Peyton l'avait dépeinte. Elle avait finalement accepté de dîner avec le président et, assis tous deux dans sa salle à manger privée, Orin s'aperçut qu'il appréciait sa compagnie.

Peyton avait organisé la venue d'un chef de renom qui leur avait préparé un menu de choix comprenant un bar aux asperges magnifiquement présenté avec sa sauce *vierge*, suivi d'un agneau tendre et juteux. Ils dégustaient maintenant un sorbet au thé vert accompagné d'une délicate mousse au citron vert.

La conversation avait jusqu'à présent porté principalement sur le travail de Nahla, spécialisée en la défense des droits de l'homme et leur discussion avait naturellement glissé vers l'accusation de trafic humain dont Brookes Ellis faisait l'objet

« Je sais que vous ne pouvez parler des détails de l'affaire, Monsieur le Président, mais si je peux vous apporter mon aide. Toute cette histoire est écœurante mais malheureusement, ces affaires deviennent bien trop fréquentes. »

Orin approuva. « C'est absolument répugnant, mais que le dirigeant d'un pays se trouve mêlé à de tels trafics... c'est difficile à admettre. »

« J'imagine. » Nahla reposa sa cuillère. « Il y a de quoi vous dégoûter mais je dois avouer que ce repas était absolument délicieux, Monsieur le Président. »

« Appelez-moi Orin, je vous prie. Et je vous remercie, je transmettrai vos compliments au chef. »

« Merci. » Nahla l'observa un instant. « Orin... pourquoi m'avez-vous fait venir ici ? Je n'aurai jamais refusé une invitation de la Maison Blanche, mais là... est-ce un rendez-vous galant ? »

Orin ne s'était pas attendu à tant de franchise de sa part et ne sut plus quoi dire. « C'est plus un...bonsoir »

« Une mission de reconnaissance ? » Elle le taquinait maintenant ouvertement et Orin se détendit.

« Je n'ai plus l'habitude de tout ça, » dit-il en souriant ironiquement, « et les choses sont encore plus difficiles aujourd'hui. »

« C'est certain, » répondit Nahla en riant doucement, « je suis sûre que j'ai été évaluée en haut lieu. Laissez-moi deviner. Je suis cultivée, mon activité professionnelle est respectable et je suis plutôt séduisante. »

« *Très* séduisante, » corrigea galamment Orin, « mais oui, vous répondez à tous les critères, je dois l'admettre. »

« Hmmm. » Nahla hocha lentement la tête avant de lui sourire. « Sauf que, nous le savons tous les deux, malgré le fait que nous nous entendions à merveille... il n'y a pas eu d'alchimie particulière. »

Orin éclata de rire. « Eh bien, vous êtes plutôt directe. »

« Orin, vous êtes un président célibataire, indépendant. Vous avez déjà réussi à modifier le regard que l'on porte sur la Présidence. Alors ne gâchez pas vos chances lorsqu'il s'agit de trouver une compagne, bon sang. Ne vous laissez pas embarquer par le peuple américain dans un mariage de convenance. Envoyez-les balader, vous devez vous marier par amour uniquement. »

Orin sourit. « Croyez-moi, c'est mon désir le plus cher. Mais c'est une question de ... » Il ne finit pas sa phrase. Pouvait-il questionner cette femme sur les conséquences qu'impliquerait une aventure avec une de ses employées ? En tant que président ? « Une hypothèse ? »

Nahla sourit. « Allez-y. »

« Imaginons qu'une personne m'intéresse... mais qu'elle travaille pour moi. »

Nahla soupira. « Et bien vous tombez sous le coup du Code du Travail et si la personne occupe un emploi subalterne, on pourrait vous accuser de l'avoir contrainte. De quoi parlons-nous ici ? »

« Ha, » dit-il, secouant la tête. « Je ne peux rien dire. »

« Mais il y a quelqu'un ? »

Il hocha la tête. « Oui. Ecoutez, Nahla, je suis désolé de vous avoir entraînée dans cette mascarade, mais je ne regrette pas d'avoir fait votre connaissance. »

« Moi également, Orin, vraiment. Et de plus, » elle lui sourit ironiquement, « si nous couchions ensemble, mes rêves de devenir procureur s'évanouiraient. »

Orin leva son verre. « Je vois. En parlant de la Maison Blanche, saviez-vous que Flynt Mitchum prend sa retraite en octobre ? Nous allons bientôt travailler sur la liste des successeurs potentiels. J'ajouterai votre nom sans aucune hésitation. »

« Pour me remercier de ne *pas* avoir couché avec vous, monsieur ? »

Orin rit et soupira. « Nahla, quel dommage qu'il n'y ait pas eu d'alchimie. »

« Je sais. »

Ils rejoignirent le salon privé où Orin proposa un verre à Nahla. C'est vers minuit qu'ils se serrèrent la main avant de se séparer comme des amis et probablement futurs collègues. Nahla le toisa de haut en bas. « Vous êtes un homme séduisant, Monsieur le Président. Qui qu'elle soit, je suis certaine que vous pouvez faire en sorte de vivre votre histoire avec elle. »

PLUS TARD, Orin vint trouver Peyton, sachant qu'elle serait encore à son bureau, pour lui raconter son rendez-vous. Dès qu'il la retrouva, il s'aperçut qu'elle semblait avoir pleuré. « Que se passe-t-il, Peyton ? »

Elle secoua la tête, tentant un pâle sourire. « Rien. C'est juste une de ces soirées où Joe me manque tellement que ça fait mal. »

Orin la prit tendrement dans ses bras. « Je suis désolé. »

Peyton essuya son visage. « Je ne sais même pas pourquoi je me suis mise dans un état pareil, sauf... je lisais une lettre d'un des parents des enfants décédés dans le Maryland. » Elle le regarda. « Ne perds pas ton temps à ne pas aimer la bonne personne, Orin. » Elle se frotta les yeux. « En parlant de ça... »

« ...Nahla est belle, drôle et intelligente... mais il n'y a pas eu d'étincelle entre nous »

Peyton soupira. « Au moins, tu auras essayé. » Elle l'étudia et se leva pour aller fermer la porter de son bureau. « Orin, il y a des rumeurs. »

« Des rumeurs ? »

« Oui. On dit que tu es proche d'un de tes gardes. L'Agent Sati. Je ne peux que te laisser imaginer quelles conséquences néfastes et le danger qu'il y aurait si tu entretenais une relation avec elle. »

« Non, » répondit Orin, le cœur lourd. « Non, tu n'as pas besoin de me le dire. »

« De plus, cette jeune femme a traversé suffisamment d'épreuves récemment. Et sais-tu combien elle a dû travailler pour parvenir à son poste ? »

« Je sais, Peyton. »

Elle regarda son expression. « Orin ? »

Orin resta silencieux un instant. « Et si je te disais que je suis amoureux d'elle, Peyton ? Que je ne peux pas arrêter de penser à elle. »

« La presse la laminerait ainsi que toutes les agents féminins à sa suite. Tout ça te dépasse. »

« Ne m'as-tu pas dit que je ne devais pas gâcher l'amour ? » Orin s'aperçut que sa voix montait dans les aigus et leva les mains.

Peyton attendit qu'il se calme. « Allons, Orin, tu sais déjà tout ça. Arrête de te comporter comme un adolescent énamouré. Si ça n'a rien donné avec Nahla, on trouvera quelqu'un d'autre. »

« Non. » Orin se leva. « Je préfèrerais encore... me concentrer sur mon travail. »

« Très bien. »

PEYTON AVAIT RAISON. Il devait grandir et arrêter de rêver. Il avait une mission à accomplir. Lorsqu'Orin se coucha ce soir-là, il se fustigea d'avoir perdu une fois de plus sa concentration. Il savait ce qu'il avait à faire. Dès le lendemain matin, il appellerait Lucas Harper et lui demanderait de lui adjoindre une toute nouvelle équipe de protection. Ne pas traiter différemment Emmy des autres agents était le moins qu'il puisse faire pour elle.

CHAPITRE QUATORZE

« C e n'est pas un drame, » dit Lucas, quelques jours plus tard. « Le président souhaite simplement s'assurer que chaque équipe tourne et bénéficie de la même expérience du terrain. Duke, Emmy, vous serez dorénavant affectés à la protection de la Vice-présidente jusqu'à nouvel ordre. Hank et Chuck, vous vous occuperez de Kevin McKee... » Il poursuivit l'énoncé des nouvelles affectations mais Emmy avait décroché. Orin imposait une distance. Bien C'était très bien. Oui, ça faisait mal mais d'une certaine façon, Emmy s'en sentait soulagée. Les choses seraient plus faciles pour tous les deux s'ils ne travaillaient plus si étroitement.

Bien entendu, ne plus être chargée de sa protection signifierait... *non. N'y pense même pas. Rien n'a changé. Il est toujours président et tu restes ce que tu es.*

« Monsieur ? » Elle leva la main et Lucas hocha la tête.

« Vas-y, Emmy. »

« A-t-on du nouveau au sujet de Max Neal ? »

« Toujours rien. Ecoute, je sais que vous avez déjà parlé avec Karlsson mais je suggère... Emmy, invite-le à aller boire un verre et essaie de le faire parler. Trouve n'importe quoi, parce qu'au point où on en est, je prendrai n'importe quoi. Le bureau local du FBI dans le

Maryland est prêt à abandonner l'enquête et ce n'est bon pour personne. »

Emmy hocha la tête et retourna à son bureau pour appeler Karlsson. Elle ne pensait pas pouvoir obtenir quoi que ce soit de sa part mais ça valait le coup d'essayer. Elle se sentait frustrée que Lucas ne lui ai pas confié plus de responsabilité mais au moins, il l'avait sollicitée.

Martin Karlsson accepta immédiatement – un peu trop rapidement, ce qui surprit Emmy mais cela lui donna également l'espoir qu'il aurait quelque chose à lui apprendre.

Deux jours plus tard, Martin Karlsson l'attendait au café où ils devaient se rencontrer. Il se leva pour l'accueillir et la surprit en l'embrassant sur la joue. « Agent Sati. »

« M. Karlsson, je vous remercie d'avoir répondu à mon invitation. »

« Martin, s'il vous plait. Que voulez-vous boire ? »

Ils s'assirent à une table devant la vitrine et bavardèrent agréablement durant un moment. Martin lui souriait. « Je dois dire que j'ai été absurdement heureux de votre appel, Emmy – je peux vous appeler Emmy ? »

« Bien entendu. Je souhaitais faire le point avec vous suite à la conversation que nous avons eue l'autre jour au bureau. »

« Je n'ai rien de nouveau, j'en ai bien peur. » Il étudia son visage. « Vous paraissez déçue. »

« J'admets l'être. Il semble que nous nous heurtions à un mur dès qu'il s'agit d'enquêter sur Max Neal. Lorsque vous étiez à l'université, j'imagine que Max était soutenu financièrement par ses parents ? »

Martin opina. « Oui mais je sais qu'ils lui ont coupé les vivres quand il a rejoint l'extrême-droite. Ils sont maintenant décédés et ne lui ont rien laissé. »

« Ce qui me pousse à me demander comment il peut se permettre de vivre dans une telle clandestinité. Suivez mon raisonnement – il doit être financé d'une façon ou d'une autre pour avoir été capable de disparaître ainsi. Il n'a laissé aucune trace, pas de papiers administratifs, ni de carte bancaire, il doit tout payer en liquide. Et pour avoir une telle aisance, nous pensons qu'il... » Elle s'interrompit et réfléchit. « Princeton. »

Martin était perplexe. « Pardon ? »

« Martin, avez-vous, vous ou Max, rencontré Kevin McKee à Princeton ? »

Martin secoua la tête. « Non, il est un peu plus jeune que nous. Son grand frère, Clark, était dans la classe supérieure et président de notre fraternité. »

« Laquelle ? »

« Phi Kappa Alpha. Mais je sais que Kevin McKee n'était pas membre d'une fraternité à l'époque. »

Emmy réfléchit. « Une société secrète ? »

« C'est possible et Max aurait adoré ce genre de chose. Mais une fois de plus, je ne peux rien affirmer. Les sociétés secrètes m'ont toujours impressionné. » Il sourit soudain et Emmy remarqua à quel point cela illuminait son visage par ailleurs assez banal. « Peut-être n'a-t-il jamais été invité à rejoindre une fraternité, » admit-il en souriant, avant de croiser le regard d'Emmy.

« Emmy... je comprendrais que vous disiez non à ça, mais j'aimerais beaucoup vous revoir. A titre personnel. J'avoue que je passe... un très bon moment en votre compagnie. »

Emmy sentit son visage s'empourprer. « C'est très gentil à vous mais... »

Elle fut sauvée par la vibration du téléphone de Martin et il afficha un sourire contrit. « Désolé, je dois prendre cet appel. »

« Bien sûr. »

Elle observa son expression passer de la détente à la surprise puis à la colère et se demanda ce qu'il se passait. Martin raccrocha et lui adressa un regard acéré et hostile, toute chaleur envolée. « Vous étiez au courant ? » Il s'était déjà levé et attrapait son manteau. Emmy était stupéfaite.

« Au courant de quoi ? »

« Votre patron, » cracha-t-il presque, « a décidé de s'arroger le droit d'être juge, partie et bourreau. Il refuse sa grâce à Brookes Ellis. »

Emmy n'était pas surprise. « Martin, vous deviez vous en douter ? »

« Non, je n'ai rien vu venir, bordel ! Brookes Ellis est innocent, Agent, et je... » Il s'interrompit et pinça la base son nez, il était évident qu'il tentait de se calmer. « Je suis navré, je sais que ça n'est pas de votre faute. Je dois y aller. »

Et il la planta là, se demandant encore ce qu'il venait de se produire. Emmy se rassit, finit tranquillement son café et consulta son téléphone. Il s'avérait en effet que l'information avait fuité. « Les preuves sont accablantes, » put-elle lire, « Brookes Ellis était l'un des instigateurs et des organisateurs d'un réseau de trafic sexuel. Il a mis en place l'importation sur notre territoire d'hommes et de femmes destinés à fournir des prestations sexuelles. Ellis et ses acolytes vont devoir répondre de leurs actes devant une cour fédérale et il est à prévoir que le président Ellis sera reconnu coupables de toutes les accusations qui pèsent contre lui. »

Emmy releva les sourcils. Elle était surprise que Lucas ne l'ait pas prévenue de la parution de l'annonce du président, pourtant prévue le jour où elle devait rencontrer Martin Karlsson.

Elle rentra chez elle, se demandant si elle devrait appeler Lucas pour savoir s'il l'attendait au bureau. Son immeuble était tranquille alors qu'elle rejoignait son étage. Elle frappa sur la porte de Marge mais elle semblait absente. Bizarre. Marge sortait rarement – sa fille Eva, en ville pour quelques jours, avait dû passer la prendre. Emmy haussa les épaules et tourna les talons.

En une fraction de seconde, tout bascula. Un frisson la parcourut et elle se sentit soudain agrippée par derrière et balancée contre le mur opposé de la pièce. Elle se redressait alors que son attaquant revenait vers elle et lui assenait un coup de poing dans la mâchoire. Emmy accusa le choc et chancela, se cognant la tête contre le chambranle de la porte. La tête lui tournait et elle s'affala au sol. Son agresseur continuait de la frapper à l'estomac, lui coupant littéralement la respiration. Elle tenta de se protéger en roulant en position fœtale et chercha à atteindre son arme. Elle entendit le cliquetis caractéristique du cran de sécurité et fut galvanisée par une montée d'adrénaline. Elle roula sur elle-même et brandit son arme. Elle tira la première mais la riposte de son agresseur l'avait touchée, au flanc. La blessure n'était pas grave mais la brûlure entravait ses mouvements. Elle parvint à tirer une seconde balle et le toucha au poignet. Il avait lâché son arme et hurlait maintenant, jurant en lui donnant des coups de pieds du talon de sa botte.

La tête d'Emmy rebondit sur le sol et une douleur aigue la terrassa. D'un coup de pied, son attaquant la priva de son arme avant de s'agenouiller près d'elle. De sa seule main valide, il la saisit à la gorge qu'il se mit à serrer. Emmy s'étranglait et sa vision se brouilla.

« Dégage de là, fils de pute ! »

Presque inconsciente, Emmy reconnut la voix de Tim, effaré et en rage, avant de lâcher prise et de sombrer totalement.

CHAPITRE QUINZE

Orin hurlait. Orin ne hurlait jamais... mais aujourd'hui, tout était différent. Il avait réuni Kevin, Issa, Moxie et Peyton dans le Bureau Ovale et Orin bouillait de rage. « Comment est-ce possible ? J'avais donné des instructions précises et aucune information quant à la grâce d'Ellis n'aurait dû fuiter avant minuit. »

« Monsieur... » Issa était pâle et paraissait très secouée. En tant que chargée de la presse, il était de sa responsabilité de s'assurer que seules les informations que le président avait décidé de promulguer franchissaient les portes de la Maison Blanche. Et elle avait échoué. Elle n'avait pas communiqué ni laissé filtrer stratégiquement la moindre information sensible. Toutes les informations concernant la grâce, ou son refus, étaient verrouillées et la nouvelle de la fuite avait anéanti Issa, qui semblait prête à pleurer.

« Monsieur, je vous jure, je n'ai aucune idée de la façon dont l'info a pu fuiter. On n'en a même pas parlé avec le personnel. »

Orin soupira et frotta son visage, tentant de se calmer. « Ecoutez... qui était au courant ? »

« Vous, moi et les personnes présentes dans ce bureau. Lucas Harper, Charlie Hope. » Peyton paraissait aussi furieuse que l'était

Orin. "Votre équipe de protection rapprochée. Non que je pense qu'aucun d'eux ne puisse être responsable. »

Orin prit un instant de réflexion et son cœur se serra. « L'Agent Sati. »

On frappa à la porte. « Entrez. »

Jessica apparut, le visage décomposé. « Je suis désolée de vous interrompre, Monsieur le Président, mais Lucas Harper est ici et insiste pour que vous le receviez. »

« Faites le entrer, Jess. Merci. »

Lucas Harper était blême. « Monsieur, veuillez pardonner mon intrusion mais quelque chose s'est produit. » Sa voix tremblait et il semblait encore sous le choc. Orin ne l'avait jamais vu aussi bouleversé.

« Lucas, venez vous asseoir avant de vous écrouler. » Il fit un signe de tête aux autres, indiquant qu'il souhaitait rester seul avec Lucas et Moxie, qui se chargea d'apporter un verre d'eau à Lucas.

« Que se passe-t-il, Lucas ? »

« Monsieur, Martin Karlsson est mort. Il a été assassiné sur le pas de sa porte et a été retrouvé il y a trente minutes. »

« Mon dieu, » siffla Orin. « Est-on sûr qu'il s'agit d'un meurtre ? »

Lucas hocha la tête. « Il a reçu une balle dans la nuque, monsieur. Une balle, à bout portant. Il y a autre chose que vous devez savoir. Il venait juste de prendre un café avec l'Agent Sati. »

Le cœur d'Orin se serra. « Quoi ? »

« L'Agent Sati a subi une tentative de meurtre chez elle. »

Orin le regardait avec horreur. « Elle va bien ? »

Le temps sembla s'arrêter et le cœur d'Orin tambourinait dans sa poitrine. Lucas le rassura d'un geste de la tête.

« Comment va-t-elle ? » répéta Orin, tentant de maîtriser la panique qui pointait dans sa voix.

« Elle a été battue et méchamment cognée et elle a reçu une balle, mais rien de trop grave, elle va bien. J'ai cru comprendre qu'elle a réussi à désarmer son agresseur avant de s'évanouir. Un ami venait lui rendre visite et il est arrivé juste à temps pour l'aider. L'agresseur est en garde à vue. »

« Je veux lui parler. »

Moxie et Lucas secouèrent la tête. « Non, Monsieur, je suis désolé. C'est une affaire fédérale et si vous intervenez... »

Orin soupira. « Où est Emmy maintenant ? »

« Elle a été emmenée à l'hôpital George Washington mais a signé une décharge. »

« Je veux qu'elle soit protégée, » dit Orin, la voix tremblante. « Et je veux la voir. »

Moxie et Lucas échangèrent un regard qu'Orin ne parvint pas à interpréter. « Quoi ? »

« Monsieur, ça fait partie des risques du métier de l'Agent Sati. »

« Je m'en fiche. On a essayé de la tuer et je ne prends pas ça à la légère. Elle fait partie de la famille. » Il se mordit la lèvre. « Je voudrais qu'on l'envoie à Camp David pendant quelques jours pour qu'elle récupère. On fera le trajet demain soir. »

« Je le proposerai à l'Agent Sati mais, comme vous vous en doutez, la décision lui revient. »

Orin hocha la tête, se retenant d'insister. Il était anxieux de la revoir et de la tenir dans ses bras et contenait à peine l'envie d'avouer à tous ce qu'il ressentait pour elle. Plutôt que s'y laisser aller, il remercia Lucas.

Moxie resta dans le bureau après le départ de Lucas. « Attention, Orin. Tes sentiments pour Emmy commencent à se voir. »

« A ce moment précis, je n'en n'ai rien à faire, » répondit-il vivement. « Bon sang, Mox... elle est blessée et c'est de ma faute. Je suis prêt à parier que c'est à cause de l'annonce faite aujourd'hui. »

« On ne peut pas en être sûr. »

« Qui d'autre s'attaquerait à elle ? »

Moxie soupira. « D'accord mais écoute, on ne sait rien sur sa vie privée. Il s'agissait peut-être d'un ancien petit ami... »

« Le jour-même où Karlsson est tué ? » Orin était dubitatif. « Le jour-même où ils prennent un café ensemble ? » Merde. Et si Emmy avait une relation avec Karlsson ? *Ce n'est pas le moment de penser à ça, andouille.*

Moxie scrutait le visage de son ami. « D'accord, mais l'envoyer à Camp David ? »

Orin secoua la tête. « Je veux la voir et ça me semble le plus simple. »

Moxie se leva et s'approcha d'Orin. « Ecoute. Je sais ce que tu ressens pour Emmy Sati et je sais que tu as essayé de l'oublier. Il est peut-être temps d'envisager une nouvelle approche. »

« Laquelle ? »

« Si vous êtes tous les deux à Camp David et que vous souhaitez tous les deux la même chose... il y a des solutions. »

Orin savait qu'il devrait arrêter immédiatement de considérer cette option mais ne put se retenir de parler. « Fais en sorte d'en trouver une, Mox. »

EMMY ÉCOUTAIT CALMEMENT Lucas qui lui annonçait qu'elle allait être transférée à Camp David, mais elle bouillait intérieurement. La peur, l'excitation, l'envie... l'idée de revoir Orin était tentante. Son corps et sa tête la faisaient souffrir mais elle se sentait plutôt bien.

Tim par contre était encore un peu secoué. Il était assis près d'elle pendant le médecin l'examinait. « Donc, tu es obligée d'aller à Camp David maintenant ? »

« Pas forcée, non, mais mon patron veut que je m'y rende... »

« Tu viens de te faire tabasser, Em. Ils pourraient en tenir compte ? »

« Je pense que, bizarrement, c'est pour ma protection. »

Tim sembla comprendre. « Oh, dans ce cas... »

Emmy tenait sa main. « Tim... tu m'as sauvé la vie. Je ne l'oublierai jamais. »

« C'était le moins que je puisse faire, ma belle. Et tu avais déjà fait le plus gros quand je suis arrivé. Le mec était déjà hors d'état de nuire. »

« Tim, il m'étranglait. Tu l'as arrêté. » Emmy toucha sans s'en rendre compte sa gorge tuméfiée. Ça avait été le moment le plus terrifiant de toute cette épreuve et tout ce qu'elle avait alors à l'esprit était qu'elle ne reverrait jamais Orin Bennett. « Ecoute, pendant que je suis à Camp David et que tu es encore à Washington, pourrais-tu me rendre le service de garder un œil sur Marge pendant mon absence ? »

« Bien sûr, ma jolie. » Tim déposa un baiser sur son front avant de regarder approcher Duke et Lucas. « Les gars, vous prendrez soin de ma... sœur, » conclua-t-il en souriant. Emmy sut instantanément qu'il avait raison. La rapidité et la facilité avec lesquelles ils étaient devenus proches et complices la grisaient presque. Elle avait trouvé une famille.

Tim la quitta pour l'heure et Emmy promit de l'appeler très vite. « Tu as intérêt, ma mignonne. »

Duke sourit à Emmy. « Salut, petite brute. »

« Salut, loser. »

Même le flegmatique Lucas ne put se retenir de sourire à leur échange de politesses. « Donc, c'est Duke qui te conduira à Camp David. Ton appartement a été sécurisé, tu peux donc passer prendre quelques affaires. »

Emmy acquiesça. « Merci, Lucas. Ecoute, je peux travailler. Je vais bien. Donc, pendant que je suis à Camp David... »

« Pendant ton séjour là-bas, tu pourras t'occuper de petits jobs. Au moins pendant la première semaine. »

« Mais je peux participer à l'enquête ? » Elle se montra si pleine d'espoir que Duke et Lucas ne purent s'empêcher d'éclater de rire.

« Oui, Agent Scully, vous pourrez participer. » Lucas lui sourit, l'air interrogateur. « Tu es sûre que tu ne veux pas rejoindre le FBI ? »

Duke et Emmy se moquèrent bruyamment, relayant la célèbre rivalité entre les agences et Lucas fit mine, sans succès, de désapprouver leur sens de l'humour. « D'accord, bon, les voitures sont prêtes. Le président veut vous voir dès votre arrivée, si tu t'en sens la force. »

« Bien sûr, monsieur. »

Emmy s'éclipsa dans sa chambre et examina son visage dans le miroir. Un énorme bleu était apparu sur son front et des coupures et des griffures parsemaient sa figure. Une autre ecchymose noircissait sa mâchoire. « Bon dieu, un vrai film d'horreur, » murmura-t-elle. Elle s'aspergea le visage d'eau fraîche.

Dans la voiture, Duke se tourna vers elle. « Hé, ça va ? Tu sais, il y avait du monde à s'inquiéter pour toi. »

« Je vais bien. Je suis navrée pour Martin Karlsson. Mis à part le soutien qu'il apportait à Brookes Ellis, c'était un type assez sympa. »

Duke hocha la tête. « Oui, je pense que tu as raison. »

« Ce qui me fait me demander pourquoi on aurait voulu le tuer. »

« De quoi avez-vous parlé ? »

« Seulement de Max Neal et de l'époque à Princeton. Nous savons qu'il y a une taupe à la Maison Blanche et je crois que... j'ai une piste. »

Duke écarquilla les yeux. « Qui ? »

Emmy marqua un temps d'hésitation. « Kevin McKee. » Elle attendait sa réaction.

Les épaules de Duke s'affaissèrent. « Em... tu ne peux pas dire une chose pareille. Bon sang, si quelqu'un s'apercevait que tu fouilles dans les affaires de McKee, ils ne te considéreraient plus comme un agent. Ils ne verraient plus qu'une femme éplorée qui cherche à venger la mort de son mari. »

« Je sais, je sais. Et c'est pourquoi je t'en parle mais que je n'ai rien dit à Lucas. Aide-moi, Duke. Je suis peut-être totalement à côté de la plaque mais McKee et Neal ont à un moment donné fréquenté les mêmes écoles, c'est pourquoi je veux creuser dans cette direction. »

Duke digéra l'information. « D'accord, mais tu sais qu'il y a peu de chances qu'on trouve quoi que ce soit, hein ? »

« Oui, je sais, mais pour l'instant, on n'a pas grand-chose. »

Duke hocha la tête et ils continuèrent à rouler un moment en silence. « Em... on peut parler de l'éléphant chez toi ? »

« De quoi tu parles ? »

« Ce mec, Tim... »

« Oui, c'est le cousin de Zach. »

« Il y a quelque chose entre vous ? »

Emmy était disposée à répondre à Duke, qui avait dû être plus que surpris, lui aussi, de se retrouver face au sosie de son vieil ami disparu. « Absolument pas. Tim est devenu comme un frère pour moi. J'admets que quand on s'est rencontré, on a été attiré l'un par l'autre mais non, nous sommes juste amis. Et il m'a sauvé la vie aussi. »

« Tant mieux. Il a l'air vraiment sympa. »

« C'est le cas. »

Ils échangèrent un sourire. « Ils ont de bons gènes. »

« Oui, lui et Zach se sont taillés la part du lion. »

« Sûr. »

Emmy soupira. « Duke... tu ne trouves pas bizarre que le président envoie un agent se reposer à Camp David ? »

Duke grimaça et Emmy sourit. « Quoi ? »

« Un agent, oui. *Toi* ? Non. Allons, Emmy, tu sais très bien qu'il t'aime beaucoup. Ces bavardages nocturnes... »

« Il ne s'est jamais rien passé. » Un demi-mensonge.

« Je sais. Je te connais. Mais, Em, soyons réalistes. Le président t'aime beaucoup. Tu sais qu'il a reçu une femme pour dîner l'autre soir ? »

Aïe. La jalousie la submergea mais Emmy la repoussa. « Non, je ne savais pas. »

« Mais apparemment, même si la femme était géniale, ça n'a pas suffi pour le président, qui a quelqu'un d'autre en tête. »

« Bon sang, Duke, si Lucas savait... »

« Lucas est adulte, » dit Duke vivement, « et ces choses arrivent. De toute façon, je t'en ai assez dit. »

Alors qu'ils arrivaient à Camp David, Duke accompagna Emmy au Lodge Aspen où il l'abandonna à Moxie Chatelaine. Elles attendraient ensemble l'arrivée du président. Moxie prit Emmy dans ses bras. « Seigneur, que tu nous a fait peur, Em. »

« Désolée, Mox. » Emmy prit une grande inspiration. « Ecoute... pourquoi ? »

Moxie sourit. « Je pense que tu connais la réponse à cette question, Emmy. Maintenant, écoute. J'ai dit à Orin que je voulais te parler avant son arrivée. Il m'en a voulu, » ricana-t-elle, provoquant le rire d'Emmy, « mais il a accepté parce que... tout ça est totalement inédit. De plus, je ne voudrais pas qu'il interprète mal cette situation et je ne veux pas te mettre dans une position inconfortable, si je puis m'exprimer ainsi. »

« Ce n'est pas le cas. » La voix d'Emmy était posée et ferme. « Il n'interprète pas mal la situation. »

Moxie lui tapota la main. « Dans ce cas... je le fais entrer ? »

« Oui. »

Moxie sourit. « Alors, on va faire en sorte que ça marche, Em. Ne t'inquiète de rien. Ne te préoccupe ni de Lucas ni de ton boulot. Simplement... particulièrement cette semaine... sois toi-même. Personne ne te posera la moindre question. »

Emmy déglutit. « D'accord. » C'est alors qu'elle perdit toute contenance. « Qu'est-ce que je suis en train de faire ? »

« La chose la plus naturelle au monde, Emmy. Tu ne peux pas choisir qui tu aimes. »

Emmy approuva. « Je sais. »

« C'est pourquoi il voulait que tu viennes ici. Le monde peut bien s'écrouler, ici... c'est un autre monde. Vous pouvez être ensemble. »

Emmy sentit ses yeux s'écarquiller, incapable de réaliser ce qu'elle venait d'entendre – ou ce qu'elle était sur le point de faire. « Comment ? »

Elle entendit soudain sa voix derrière elle et se leva si brusquement qu'Orin Bennett sourit.

« Parce qu'il y a certains avantages à être président, mon, adorable Emmy. »

Moxie leur sourit et quitta calmement le Lodge.
Orin l'observait. « Mon dieux, votre pauvre visage. »

« Je vais bien. » La voix d'Emmy était enrouée, son cœur battait la chamade mais c'est à ce moment qu'Orin choisi de se rapprocher d'elle et la tenir enlacée fermement dans ses bras. Sa bouche trouva les lèvres d'Emmy, vite étourdie par son baiser.

« Seigneur, Emmy, s'il s'était passé quelque chose, s'il vous avait tuée... » Orin grogna, passant ses doigts dans ses cheveux. Emmy se laissa totalement aller à son étreinte, toutes défenses anéanties.

« Je vais bien, je vais bien, » murmura-t-elle contre sa bouche.

Leurs corps se séparèrent les laissant essoufflés.

« Je suis fou de vous, Emmy Sati. Dieu seul sait combien je ne voudrais pas risquer ni votre carrière ni la mienne, mais je n'arrête pas de penser à vous. »

Emmy était submergée par ses propres émotions et ses épaules s'affaissèrent. « Je ressens la même chose et je n'y peux rien. Je veux être près de vous, Orin, mais vous êtes mon patron. »

Orin effleura la joue d'Emmy du dos de ses doigts. « C'est de la folie, je sais. »

« Si quelque chose vous arrivait alors que je suis censée vous protéger... »

Il approcha de nouveau sa bouche et, cette fois, elle ne le repoussa pas. Ils s'embrassèrent longtemps et Orin la pressait de plus en plus fougueusement contre lui. Elle sentait son érection contre son ventre, longue et brûlante. S'il décidait de la baiser, là, maintenant, elle ne l'en empêcherait pas. Chaque fibre de son être ne désirait que ça.

« Emmy... » Ils s'écartèrent enfin l'un de l'autre pour reprendre leur souffle et Orin appuya son front contre celui d'Emmy. « Emmy, Mox me dit que... »

« Il y aurait une solution. C'est ce qu'elle dit. Il y a une *solution.* » Elle se sentait comme au bord d'un précipice mais à cet instant, elle n'en n'avait que faire.

Orin approuva. « Il y en a. Tu es sûre, Emmy ? »

Merde. « Oui. »

Il l'embrassa à nouveau et lui sourit. « On va s'organiser. Je te jure que je ne laisserai pas notre histoire interférer dans nos boulots. »

« Orin, fais-moi une promesse. Uniquement quand je ne travaille pas. Quand je suis en service, nos rapports doivent rester strictement professionnels. Je ne supporterai pas l'idée que tu puisses être blessé parce que je me suis laissé distraire. Ça ne me ressemble pas, je suis un bon agent. »

« Tu es un agent *génial*, Emmy, même si je ne peux pas concevoir que tu prennes une balle à ma place. »

« C'est la seule raison qui me freine. C'est mon *boulot*, Orin. Si ça arrivait, tu me devrais me laisser faire. C'est une condition *sine qua non.* »

Il soupira tout en acceptant sa requête d'un signe de tête. « Je devrai m'assurer que personne ne prenne de balle. » Il lui sourit tendrement et elle se détendit.

« Oui. Merci. »

Perdus dans leurs pensées, ils se tenaient en silence, les doigts entrelacés. « Je déteste avoir à dire ça mais j'ai une réunion. » Il soupira. « Emmy, rejoins-moi pour boire un verre plus tard dans la soirée, ici, dans cette suite – et reste avec moi. Si tu ne le veux pas, il ne se passera rien. »

Il plongea les yeux dans ceux d'Emmy. « D'accord, oui, je veux rester avec toi. »

Orin lui sourit tendrement, les yeux brillants. « Moi aussi. »

Emmy s'appuya contre son torse et il déposa un baiser sur son front. « Je me demande comment on va faire. »

« On va mentir intelligemment, Emmy. »

Elle sourit largement et il frôla ses lèvres des siennes. Bon sang, qu'elle était bien contre lui. « Je devrais y aller. »

« Bien sûr. A tout à l'heure. »

« A tout à l'heure. »

DE RETOUR DANS SA CHAMBRE, Emmy eût l'impression de réintégrer la vraie vie. Que venait-il de se passer ? Venait-elle d'accepter de devenir la maîtresse du Président ? Son amie « avec bénéfices » ? Elle n'y pensait pas !

Duke vint la chercher un peu plus tard pour dîner. Emmy n'avait aucun appétit. Orin était assis à la table du coin et bavardait avec Mox. Elle détourna rapidement le regard, déterminée à dissimuler ses joues devenues écarlates ou toute autre réaction qui aurait pu la trahir. Duke la raccompagna et Emmy n'aurait pu imaginer le choc qu'elle était sur le point de ressentir.

« Donc, » commença Duke, la voix plus grave qu'à l'accoutumée, « le plan est le suivant. Tu viens dans ma chambre à vingt-et-une heures, c'est l'heure à laquelle Mox et le président vont se balader tous les soirs. Le président portera les mêmes vêtements que moi et on s'intervertira. Et le président viendra te rejoindre. »

Emmy se figea les yeux écarquillés et secoua la tête. « Tu es au courant ? »

Duke ricana. « Bien sûr que je suis au courant. Moxie et moi avons comploté. » Il étudiait la réaction d'Emmy. « Ne t'inquiète pas, ma belle, on s'est chargé de tout. »

Emmy clignait des yeux, secouait la tête. « J'ai toujours su que tu étais un maquereau. »

Duke éclata bruyamment de rire, attirant l'attention sur son passage. Il l'attira plus près de lui pour chuchoter à son oreille. « Et jeune fille, amuse-toi, profite bien. Vous êtes juste deux personnes attirées l'une vers l'autre. Oublie un peu le travail pour une fois. Lâche-toi. »

EMMY ATTENDIT L'HEURE, tout en se répétant qu'on allait venir lui avouer que tout ça n'était qu'une blague, mais elle rejoignit la chambre de Duke à neuf heures. Duke lui sourit. « Les capotes sont dans la table de chevet. » Il réussit à la faire rougir à nouveau.

Elle attendait, seule, la venue d'Orin. Etait-elle réellement en train d'attendre le président ? Elle se raconta même qu'avoir pris une douche et rasé ses jambes une heure plus tôt n'avait rien à voir avec ce rendez-vous nocturne. Le souvenir de Zach l'assaillit brusquement et elle faillit changer d'avis. Elle savait qu'il ne verrait rien à redire à propos de son bonheur mais penserait-il qu'elle était inconsciente ?

Un léger coup frappé à la porte la tira de ses pensées. Elle se leva et prit une profonde inspiration avant d'aller ouvrir la porte. Orin entra dans la chambre en lui souriant. « Salut. »

« Salut. » Sa voix était rauque et elle ferma la porte à clé, gagnant les quelques secondes nécessaires pour se calmer. Il lui prit la main et entraîna vers le salon où il la fit asseoir près de lui sur le canapé. « N'aie pas peur, Emmy. Il ne se passera rien que tu ne veuilles. »

Elle sembla sonder l'expression de son visage puis se pencha vers lui pour l'embrasser. Tous ses doutes s'évanouirent en un instant. Ils s'embrassèrent d'abord doucement puis les doigts d'Orin jouèrent des mèches de ses cheveux. Leurs langues se caressaient et Emmy s'assit à califourchon sur Orin. « Touche-moi, s'il te plait, » murmura-t-elle. Il sourit et laisser ses mains glisser jusqu'à sa taille.

Emmy parcourut son ventre sous sa chemise et prit son érection en main, serrant au travers du tissu sa longue et dure verge tandis qu'il gémissait d'excitation. *Il n'y a plus de marche arrière possible maintenant.*

« Je t'emmène au lit maintenant, magnifique Emmy. »

Elle acquiesça et il se leva puis la porta aisément jusqu'à la chambre. Il la déposa délicatement, commença à déboutonner sa robe tandis qu'elle lui retirait sa chemise. Leurs regards se croisèrent et ils éclatèrent tous les deux de rire. « Tu peux croire qu'on est en train de faire ça ? »

Elle secoua la tête. « Non, mais je vais en profiter. »

Orin rit et ôta sa robe, perdant le souffle en découvrant son corps. « Bon sang, Emmy, que tu es belle... »

Elle le fit taire d'un baiser et écarta les pans de sa chemise, avant de parcourir ses pectoraux du bout des lèvres, alors qu'il se débattait avec l'agrafe de son soutien-gorge. Elle rit de la ténacité dont il faisait preuve et Emmy tordit le bras pour défaire l'attache. « Les hommes et les soutiens-gorge. Tu peux régner sur le monde mais on te laisse un soutien-gorge et... »

Orin rit et la repoussa sur le lit, la couvrant de son corps. Il passa doucement la main sur son ventre. « J'ai fantasmé sur toi dès le premier jour où je t'ai rencontrée. »

Emmy lui fit une grimace moqueuse. « Monsieur le Président, vous avez un pays à gouverner. »

Orin sourit. « Et comme je suis ton président, je dois t'informer que je vais envahir tes territoires du sud... »

Emmy gloussait alors qu'il poursuivait son délicieux projet. « C'était une blague vraiment nulle, mais alors... *oh !* »

Sa bouche avait atteint son sexe. Il s'était débarrassé de sa petite culotte et sa langue excitait son clitoris. Emmy s'était mise à frissonner, s'abandonnant totalement à son plaisir.

Orin Bennett était un amant *spectaculaire*. Il la fit jouir tant sa langue avait titillé sur petit bouton et elle cria son nom au paroxysme de l'orgasme.

Elle haletait encore lorsqu'il remonta vers ses seins et prit ses tétons dans la bouche, chacun leur tour, les grignotant et les suçant, excitant leur sensibilité jusqu'à l'insupportable. Emmy caressait sa bite, la frottant contre son ventre jusqu'à ce qu'elle soit dure comme un pieu.

Elle l'aida à enfiler une capote sur sa longue queue et entoura sa taille de ses jambes. Il la regarda avec beaucoup de tendresse. « Pour la dernière fois... tu es sûre ? »

Emmy hocha la tête et en un geste, il l'avait totalement pénétrée. Ils soupirèrent tous les deux, toute la tension accumulée avait disparu. Ils ondulaient au même rythme, les cuisses d'Emmy verrouillées autour de lui et sa bite s'enfonçant de plus en plus profondément en elle. Ils s'embrassèrent et firent l'amour, hors d'haleine et béats. Leurs corps s'imbriquaient si parfaitement qu'Emmy avait du mal à croire que c'était leur première fois.

Pour la première fois, elle se sentait minuscule et précieuse face à ce grand corps. Elle éprouvait un merveilleux sentiment de sécurité à ses côtés, alors qu'*elle* était responsable de sa protection. Orin lui sourit. « Bien. Je veux que tu te sentes en confiance. Ça me tue de savoir que ton boulot est de me protéger mais je suis égoïste. Je veux que tu restes près de moi. »

Ni l'un ni l'autre n'avait plus envie de parler et ils se focalisèrent sur l'amour qu'ils se firent l'un à l'autre, déterminés à atteindre un orgasme explosif. Emmy s'abandonnait totalement à cet homme, à en perdre la tête. Agrippée à son dos, elle l'embrassait passionnément. Orin avait pris possession de son corps alors qu'elle était prête à jouir et quand elle sentit sa main malaxer son clitoris, elle ne contrôlait plus. Son corps se cambra et sa tête roulait en tous sens quand elle jouit, son corps frissonnant de la plus adorable marnière.

« Seigneur, Orin... *Orin...* »

Il enfouit son visage dans son cou, ses lèvres caressant sa gorge quand il jouit, gémissant en l'appelant, doucement mais avec une intensité qui la bouleversa. Dans les bras l'un de l'autre, ils récupéraient paisiblement, les yeux brillants. « Tu m'as rendu très heureux, Emmy. »

Elle gloussa.

Il écarta une mèche de cheveux qui lui cachait le visage. « Je te remercie de ta confiance, Em. Je réalise que ma fonction pourrait suggérer un abus de pouvoir. Si jamais tu ressentais ça... »

« Jamais. Je suis libre de mes choix, Orin. » Elle soupira. « Je t'assure que, comme je te l'ai déjà dit, quand je suis en service, ça ne s'est jamais produit. »

« Compris. Et écoute, seuls Mox et ton ami Duke sont au courant. On ne changera rien. Pour l'instant. »

Emmy sourit, quelque peu soulagée. Orin l'embrassa et s'éclipsa dans la salle de bains pour se débarrasser de la capote usagée.

Je viens de baiser avec le Président des Etats Unis. Elle contemplait le plafond de la chambre. Elle savait qu'elle aurait dû se sentir – comment ? Honteuse ? C'était bien loin de ce qu'elle ressentait. Tout avait semblé au contraire si juste. En considérant les faits logiquement, ils étaient tous deux célibataires – *non.* Emmy savait qu'elle avait été inconsciente, stupide et qu'elle mettait sa carrière en danger. Mais jamais elle ne pourrait regretter le moment passé avec cet homme.

Elle se sentit observée. Il se tenait dans l'encadrement de la porte de la salle de bain et la contemplait. « Dieu que tu es belle, » dit-il d'une voix tendre. « Regarde-toi. »

Il retourna vers le lit et s'allongea près d'elle, parcourant délicatement son corps du bout des doigts. « Chaque centimètre carré. » Il redessina ses lèvres, obliquant vers la ligne de sa mâchoire avant d'embrasser le creux à la base de son cou et de se relever sur un coude. « On peut faire en sorte que ça marche entre nous, Emmy. »

Elle n'était pas certaine de ce qu'il entendait par 'ça' mais en cet instant, cela voulait probablement dire coucher ensemble sans envisager la façon dont ils parviendraient à gérer leur relation une fois retournés à la Maison Blanche.

Mais elle fut vite distraite de ses pensées par Orin, qui entreprit de lui faire l'amour à nouveau. Emmy savait que, quoi qu'il advienne, sa vie en serait changée à jamais.

17

CHAPITRE DIX-SEPT

O rin hocha la tête. Il s'était montré grincheux durant tout le rapport de la matinée et espérait que personne ne s'en était aperçu. Il retournait à la Suite Aspen accompagné de Moxie. « T'as entendu ce qui s'est dit pendant la réunion ? »

« Fiche-moi la paix, Mox, je suis crevé. » Mais il ricana. « Ce n'est pas facile tous les jours d'être le Gouverneur du Monde Libre. »

Moxie gloussa joyeusement. « Particulièrement quand tu as, *bip,* toute la nuit. »

« Mox. »

« Allez ! Donne-moi des détails ! Je me suis compromise pour toi, après tout. »

Orin riait de bon cœur. « C'est vrai. » Il se frotta les yeux. « Toi qui pensais qu'il me suffirait de me faire plaisir pour l'oublier, tu avais tort. Je suis absolument fou d'elle, Mox. »

« Je sais, andouille. Pourquoi crois-tu que je me suis donné toute cette peine ? » Moxie souriait mais son sourire s'effaça soudain. « Mais ça va être une autre histoire à la Maison Blanche. On aura peut-être besoin de nouveaux complices. »

Orin secoua la tête. « Non. J'ai promis à Emmy. Personne d'autre ne doit être au courant. Si Lucas Harper en entendait parler... »

Mox fronça les sourcils. « Orin... on ne fait pas d'omelette sans casser des œufs. S'il s'avère que c'est plus qu'une passade, il faudra faire des choix. Elle sait qu'elle ne sera plus en mesure de te protéger. Et toi ? Je te connais – tu préfèrerais mourir plutôt que de laisser un de tes proches prendre une balle à ta place. »

« Bon sang. » Orin s'assit lourdement. « C'est sa *carrière*, Mox. Comment pourrais-je lui demander d'y renoncer ? Je ne pourrais jamais être aussi égoïste. »

« Eh bien, il le faudrait bien. Mais cette histoire ne doit pas devenir plus que du sexe. Ne tombe pas amoureux d'elle. »

« Mox, tu te rends compte que c'est toi qui m'as encouragé ? Et tu me demandes maintenant de faire marche arrière ? Et si j'en veux plus au contraire ? »

« Dans ce cas, Emmy perdrait son boulot et pourrait même être poursuivie pour avoir couché avec son protégé. »

Orin maugréa. « Merde, Mox... »

« Tu avais besoin de draguer et tu l'aimes bien. Emmy t'aime bien aussi. Vous êtes majeurs. Mais si ça devient trop sérieux... »

« J'ai compris. »

Moxie se leva et lui pressa l'épaule. « Mec, je ne suis pas en train de te dire que tu n'as pas le droit d'être heureux, mais tu dois être réaliste. Si Emmy et toi en voulez plus, l'un de vous devra abandonner son job. Je ne veux pas gâcher ton plaisir. Je n'ai encore jamais vu une telle lueur dans ton regard. »

Orin leva un sourcil. « Que veux-tu dire ? »

Moxie lui sourit affectueusement. « L'amour, Orin, l'amour. »

EMMY SE SENTAIT PLUS qu'inconfortable lorsque Lucas lui rendit visite. Elle s'assit avec son chef, les cuisses encore douloureuses du marathon sexuel qu'elle avait eu *avec leur patron* et se sentait à la fois coupable, gênée et particulièrement peu professionnelle.

Elle n'avait cependant aucun regret. Elle avait passé la nuit la plus torride, la plus sensationnelle de sa vie et se savait devenue dépendante. Elle ne pouvait s'empêcher de convoquer les images de la veille, la bouche d'Orin sur ses tétons, ses longs doigts brûlants caressant son clito jusqu'à le durcir et que son vagin coule de désir.

Sa longue, épaisse et magnifique queue glissant en elle... Emmy mordit sa lèvre et reprit ses esprits. Elle se tourna vers Lucas.

Son patron avait apporté une liasse de documents. « Voici les dossiers personnels de tous les employés de la Maison Blanche. Tout le monde y compris le Président. Vous vouliez enquêter et bien voilà. Trouvez le lien, même le plus ténu. »

« En fait, j'ai déjà une piste. »

Il soupira. « Je sais. Em... On a enquêté sur Kevin McKee en long, en large et en travers. C'est lui qui a encouragé le Président Bennett à se présenter. C'est McKee qui a obtenu tous le crédit de son accession au Bureau Ovale. »

« Ce n'est pas une vue de l'esprit, Lucas. Il a fréquenté Princeton, tout comme Max Neal et Martin Karlsson. »

Lucas soupira, tout en se tenant nerveusement les mains. « Parfait. Seulement, écoute. Si tu trouves quoi que ce soir, tu viens me le dire. On ne peut pas se permettre d'être accusé de chasse aux sorcières, juste à cause de la mort de Zach. *Je* sais que ça n'a rien à voir, » ajouta-t-il vivement en voyant la grimace d'Emmy, « mais c'est une complication. »

« Parfait. »

UNE FOIS LUCAS PARTI, Emmy prépara du thé et s'installa devant les dossiers, tenté de se concentrer sur son travail. Elle était sans cesse dérangée par les images de la nuit, elle sentait les doigts d'Orin sur sa peau, ses caresses douces, son habileté à la baiser... *merde.* Emmy ferma les yeux et vida longuement l'air contenu dans ses poumons. Elle n'avait pas dormi mais ne s'était jamais senti aussi vivante ou plus consciente.

Elle saisit le dossier d'Orin, incapable de résister à la curiosité, mais elle n'y trouva rien qu'elle ne sut déjà. En fait, elle se fit la remarque, somme toute assez présomptueuse, qu'elle en connaissait bien plus sur lui qu'aucun autre de ces dossiers.

Elle rit intérieurement à l'idée qu'elle aurait définitivement pu y annexer de nouvelles pièces.

LES ÉTATS de service d'Orin Bennett sont aussi impressionnants que la taille énorme de sa queue et l'énergie qu'il déploie quand il fait l'amour. Il est aussi au-dessus de la moyenne en termes de charme et de séduction et peut faire jouir une femme rien qu'en la regardant.

EMMY SE MORIGÉNA. Elle savait combien la direction des deux agences se gargariserait si elle venait à apprendre tout ça. Elle reposa le dossier d'Orin et prit celui de Kevin McKee.

Elle n'avait jamais eu affaire avec l'homme et ne lui avait jamais été assignée en raison de son lien avec la mort de Zach. Avant cet événement, elle n'avait que rarement entendu parler de lui. Pour Emmy, il n'était qu'un autre de ces petits blancs-becs, qui utilisait son apparence et son charme pour obtenir ce qu'il désirait, mais il n'était pas bien dangereux. Elle parcourut les déclarations de ses collègues. Il avait obtenu une mention grâce aux sciences politiques en tant que major de sa promotion, avant de poursuivre des études de droit à Harvard.

Il avait ensuite rejoint le cabinet Dewy, Random et Lesser de New York, où il était devenu associé à part entière moins d'un an plus tard. Sa famille était issue de l'aristocratie du New Hampshire. Emmy écarquilla les yeux. « Un beau garçon né avec une cuillère en argent dans la bouche. »

McKee contacta Orin Bennett après sa nomination au Congrès et lui proposa de mener sa campagne présidentielle, contre un engagement à la gestion de sa communication.

Emmy soupira. Rien qui ne sorte de l'ordinaire. Elle ouvrit son ordinateur portable et saisit sa requête sur le moteur de recherche, 'les Sociétés secrètes de Princeton.' Elle savait que de telles sociétés étaient interdites par un décret datant de Woodrow Wilson, le vingt-huitième Président des Etats Unis. Ce qui ne voulait pas dire qu'elles n'existaient pas. Elle lut tout ce qu'elle trouva sur les sociétés au-dessus de tout soupçon mais ne trouva rien qui put incriminer McKee, Karlsson ou Max Neal. Elle devrait chercher plus loin que les résultats proposés par Google.

Son portable vibra et elle jeta un œil à l'écran en souriant. *J'ai du mal à me concentrer sur ce que l'Etat-major me rapporte à propos de la prolifération des armes nucléaires. Si la fin du monde arrive, ce sera par ta faute. O.*

Emmy gloussa. *Si les sirènes retentissent, j'ai une idée sur la façon dont on pourrait occuper le temps qu'il nous reste...*

Emmy ne put retenir un éclat de rire quand sa réponse arriva. *Deux fois.*

Elle adorait la simplicité et la spontanéité d'Orin, il était vraiment un président original.

Ce qui lui donna une idée. Peut-être n'abordait-elle pas le problème sous le bon angle en essayant de relier les membres de l'or-ganisation secrète actuelle. Elle prit la liste du personnel de la précé-dente administration Ellis et la compara à celle du premier cercle évoluant autour d'Orin. Pas évident, pensa-t-elle une demi-heure plus tard. Quelqu'un était mouillé, elle le savait, et que Dieu lui vienne en aide, son instinct lui disait qu'il s'agissait de McKee.

A l'heure du déjeuner, elle se rendit dans la grande salle de restauration et un rapide regard lui confirma qu'Orin n'était pas encore arrivé. De toute façon, elle aurait difficilement pu aller simple-ment s'asseoir près de lui. Elle saisit une assiette et se servit au buffet.

« Salut, Agent Sati ? »

L'homme en personne. Emmy plaqua un sourire figé sur son visage et se retourna. Elle se trouva face-à-face avec Kevin McKee, faisant la queue comme elle. « M. McKee. »

« Allons, Emmy, on n'est pas en service. C'est Kevin. Comment vous sentez-vous ? Ces bleus ne sont pas jolis jolis. »

« Tout va bien, vraiment. Je vais bien. »

« J'ai cru comprendre que vous avez botté le cul de votre agresseur. »

« On m'a aidée. » Emmy n'appréciait pas la façon dont il la toisait

– mais peut-être était-ce la culpabilité qui la rendait paranoïaque. Son sourire était amical et elle devinait un certain respect dans son regard.

« Ne minimisez pas votre exploit. Venez, asseyez-vous avec moi et racontez-moi tout. La nouvelle qu'un agent a été attaqué a fuité, malheureusement et la presse s'est déjà fait sa propre opinion.

« Ils relient mon agression au meurtre de Karlsson ? »

« Oui. »

Emmy soupira. Ils trouvèrent une table et s'installèrent. C'était peut-être une opportunité pour en apprendre un peu plus sur le passé de Kevin. Mais alors qu'ils attaquaient leur déjeuner, Emmy perdit soudain l'appétit lorsque Kevin commença à parler.

« Ecoutez, j'attendais de pouvoir vous parler quelques instants. Au sujet de Zach. Mon dieu, Emmy, je ne pourrai jamais vous dire combien je suis navré. C'était un type tellement génial – le meilleur. »

La bouche sèche, Emmy posa ses couverts en hochant la tête. « Merci. C'était un type génial, oui. »

« Je n'arrête pas de repenser à ce jour-là. Le tireur est arrivé de nulle part et au début, on ne savait même pas que Zach avait été touché. »

Les mains d'Emmy tremblaient comme des feuilles. Elle n'avait jamais demandé les détails de cette journée et personne n'avait jugé utile de la lui raconter. Il avait été suffisamment difficile d'accepter le fait que Zach était parti pour toujours. Aujourd'hui, toutefois, elle ne voulait pas interrompre Kevin. Elle avait besoin de savoir, pour se reconstruire et passer enfin à autre chose. « Que s'est-il passé exactement ? » demanda-t-elle, la voix hésitante.

Kevin soupira. « Nous étions à Foggy Bottom, au siège du parti démocrate. Rien de sensible. Je crois qu'il s'agissait de la préparation d'un discours adressé à un groupe de défense environnementale. Nous étions dans le parking, à côté de cette cabine téléphonique anglaise. Le premier tir a sifflé à mon oreille, je m'en souviens encore. Et Zach criait en me poussant dans la voiture. Je me suis jeté sur la banquette et je me suis retourné... » Il hésita.

« Continuez, je veux entendre ce que vous avez à dire. »

« Il y avait du sang partout, comme s'il en pleuvait. Zach... s'est effondré. Il avait pris une balle en pleine poitrine. Mon chauffeur hurlait mais je n'avais pas pu voir ce qu'il s'était passé. Je suis tellement navré, Emmy. »

Même après tout ce temps, elle souffrait terriblement. Elle ferma les yeux, tentant de retenir les larmes qu'elle sentait lui monter aux yeux. Son Zach, son meilleur ami, son amour. Parti, fini, terminé – comme ça. Soudainement, la perte de Zach et le contrecoup de son agression l'accablèrent et elle s'excusa.

Elle retourna dans sa chambre et se lova sur son lit, laissant enfin les larmes couler. Elle n'avait pas remarqué la course du temps jusqu'à ce que deux puissants bras s'enroulent autour d'elle. Elle se retrouva lovée contre le torse d'Orin.

« Kevin m'a dit ce dont vous avez discuté ensemble et il s'inquiétait à ton sujet. » Orin murmurait près de sa tempe. Emmy ferma les yeux et s'abandonna dans ses bras. À cet instant précis, il n'était plus président – c'était un homme venu consoler son amoureuse. Elle pivota son visage et senti ses lèvres se poser sur les siennes, tout doucement.

Ils s'embrassèrent jusqu'à perdre haleine puis Emmy enleva son tee-shirt. Orin chercha à capter son regard. « Tu es sûre ? »

Elle hocha la tête. « J'ai besoin de toi, Orin, s'il te plait. »

Orin l'embrassa encore et déboutonna sa chemise. Ils finirent de se déshabiller l'un l'autre. Orin souleva ses jambes et les plaça sur ses épaules. « Je veux te goûter, jolie fille. »

Il enfouit son visage entre ses jambes et Emmy gémit alors que sa langue tournait autour de son clitoris, l'excitant jusqu'à ce que le bouton durcisse et devienne ultra-sensible. « Orin, je veux te goûter aussi. »

Il pivota pour pouvoir insérer sa queue dans sa bouche alors qu'il continuait à la lécher goulûment. Elle glissa sa langue le long du gland soyeux, puis le long du membre. Elle adorait son goût légèrement salé et comme il frémissait quand elle le caressait et le suçait.

Orin agaçait ses tétons d'une main, chacun leur tour, jusqu'à ce qu'ils pointent, durcis. Avec l'autre, il inséra deux doigts à l'intérieur de son sexe trempé. Elle rua sur ses doigts et jouit intensément, tandis que giclait sur sa langue l'épais sperme d'Orin.

Emmy avala sa semence et Orin reprit sa place près d'elle, l'embrassa en la chevauchant et lui clouant les bras sur le lit. « Seigneur, Emerson Sati, je n'ai jamais désiré quelqu'un comme je te désire toi... »

Emmy enfila rapidement un préservatif sur sa bite tant elle désirait le sentir en elle et, quand Orin la pénétra brusquement, elle commença à crier de plaisir.

Ils firent l'amour les yeux dans les yeux, Orin frappant ses hanches contre le bas-ventre d'Emmy, la soulevant pour mieux s'enfoncer. Ses lèvres étaient avides, ses mains presque brutales.

Emmy jouit encore, violemment, le dos arqué tandis que la parcourait le délicieux frisson de la jouissance. « Oh, putain, Orin... Orin, n'arrête jamais... »

Orin gémit et enfouit son visage dans son cou alors qu'il jouissait à son tour. Ils s'écroulèrent enfin, pantelants.

Pendant un bref instant, Emmy se sentit comme hors de son propre corps. Orin s'excusa et s'éclipsa dans la salle de bains et lorsqu'il revint, elle lui sourit et lui ouvrit ses bras. Il s'y blottit et l'embrassa en détachant de son visage les mèches humides de sueur. « Est-ce que je t'ai déjà combien tu étais sublime ? »

Elle sourit. « Tu n'es pas mal non plus, Monsieur le Président. »

Orin ricana. « Emmy... tu devrais le savoir. Je suis sérieux. Toi et moi. *Nous.* Il faut que ça marche, quoi qu'il en coûte. » Ses lèvres effleurèrent la ligne de sa mâchoire. « J'ai essayé d'arrêter de penser à toi, tout en sachant que je n'y arriverai pas. »

« J'ai entendu dire que tu as eu un tête-à-tête galant à la Maison Blanche. » Elle sourit moqueusement, pour lui faire comprendre qu'elle n'en prenait pas ombrage.

Orin acquiesça. « Et c'était une femme formidable. Mais ce n'était pas *toi.* »

Emmy rosit de plaisir. « Je dois te prévenir... je suis loin d'être parfaite. »

« Personne n'est parfait. Et imagine combien ce serait ennuyeux. »

Il l'attira à lui et Emmy posa sa tête contre son torse. Dieu qu'il sentait bon, un délicieux mélange de savon de linge frais. Elle passa la main sur son ventre plat et musclé, qui frémissait sous ses doigts.

« Comment on va faire ? Je veux dire, ici à Camp David, tout est facile. Mais une fois rentré à la Maison Blanche, ça va être beaucoup plus compliqué. »

« On va faire en sorte que ce soit possible. Tu seras surprise de ce que l'on peut faire. » Orin sourit et soupira, heureux, alors que la main d'Emmy commençait à caresser sa queue. « Emmy... tu te rends compte que je suis maladivement fou de toi, n'est-ce pas ? »

Emmy lui sourit puis s'assit à califourchon sur lui, frottant son gland contre son sexe humide. « C'est réciproque, Chef. »

Sa queue semblait avide de s'enfoncer en elle et elle la guida. Emmy s'empala doucement sur son membre rigide, exerçant un va-et-vient lent pour commencer et de plus en plus rapide à mesure que grimpait leur excitation jusqu'à ce qu'ils atteignent tous les deux l'extase.

CHAPITRE DIX-HUIT

Juste avant dix-huit heures, Orin abandonna à regret la chaleur du lit et s'habilla. Il la contempla un instant, étendue et couverte uniquement d'un drap. « Je déteste avoir à te laisser, Emmy. »

Elle exhiba brusquement ses seins et il éclata de rire

« Coquine. » Il s'assit sur le lit et se pencha pour l'embrasser. « Je pourrais toujours annuler ma réunion de six heures. »

Emmy secoua la tête. « Pas question, mec. Tu as un pays à administrer. »

Orin grimaça et sa main se glissa sa main sous le drap et commença à caresser son clito. Emmy joua la désapprobation mais s'abandonna vite sous ses doigts experts. Elle frissonna en jouissant et lui sourit. « Quel putain de cadeau d'adieu. »

Orin sourit. « A plus tard ? »

« A plus tard. »

UNE FOIS SEULE, Emmy se doucha, souriant alors qu'elle se savonnait. Son sexe était encore si sensible qu'une simple caresse aurait encore pu la faire jouir. Elle se sécha et enfila une tenue de sport.

Elle irait courir dans les bois avant que la nuit ne tombe, pour se débarrasser de l'énergie dont elle débordait encore après avoir fait l'amour.

Pendant son jogging, elle dépassa d'autres agents et membres du personnel, leur faisant un signe de la tête et leur souriant sans s'arrêter, ses écouteurs dans les oreilles. Elle martelait les chemins de sa course, s'enfonçant de plus en plus profondément dans la forêt. Elle était surprise de ne pas s'être sentie plus abattue deux jours seulement après son agression mais à part quelques bleus, elle se sentait bien.

Mieux que bien. Orin Bennett avait pris possession de son corps et elle adorait ça. Elle se sentait sexuellement active à nouveau, désirée et désireuse.

Ce qui signifiait... qu'elle avait un choix à faire. Pas encore, se dit-elle. Pas ici. Elle profiterait de ces derniers jours à Camp David et ils s'occuperaient ensuite du reste.

Perdue dans ses pensées, elle remarqua à peine que le jour était tombé et elle s'éloignait toujours à grandes foulées. Elle s'engagea dans un petit chemin et s'arrêta pour reprendre son souffle, ôtant ses écouteurs pour écouter les sons magiques du crépuscule. Elle respirait bruyamment et sentit un frisson lui parcourir l'échine – un frisson désagréable.

Elle scruta les alentours. Il ne semblait y avoir âme qui vive dans les parages – personne ne se montrait en tout cas – mais elle se sentait observée. Elle plissa les yeux, scrutant les arbres.

Paranoïa.

Emmy reprit sa course pour rentrer au camp et, à mi-chemin, elle pensa entendre quelqu'un courir à sa poursuite. Qui se rapprochait... plus près... elle se retourna...

Personne. Rien. « Putain de merde, » se dit-elle. « Reprend-toi. »

Elle se précipita dans le bâtiment et rallia sa chambre. Elle se sentit à nouveau observée et passa la main sur ses yeux en secouant la tête. « Non. Arrête. »

Elle vérifia toutefois les recoins de sa chambre. Les dossiers qu'elle avait étudiés plus tôt étaient bien rangés sur le bureau. Merde.

Peut-être aurait-elle dû déjà les avoir rendus à Lucas. Elle rassembla les papiers en une pile et sortit.

Lucas parut surpris de la voir. « Hé, tu as couru ? Je pensais que tu n'étais à Camp David que pour te reposer ? »

« Le sport est parfait pour se détendre. » Elle sourit à son patron. « Voilà. Je n'ai rien trouvé d'intéressant là-dedans. »

« Je ne pensais pas que tu y trouverais quoi que ce soit mais au moins, ils auront apaisé certaines de tes craintes. Particulièrement au sujet de Kevin. »

« Hum. » Emmy ne se prononça pas. « Ecoute, j'ai discuté avec le président vite fait. » Elle se sentait rougir de son mensonge. « Apparemment, il souhaite que je reste ici durant tout son séjour. Une histoire de vigilance supplémentaire autour de sa sécurité. »

« Je ne suis pas surpris. Il a insisté pour tu sois protégée, au moins jusqu'à ce qu'on sache si le meurtre de Karlsson est lié à ton agression. »

Emmy soupira. « C'est normal que je me sente désolé pour Karlsson ? »

« Tout à fait. Malgré son étrange loyauté envers Brookes Ellis, il semblait être un bon mec. »

« C'était le cas, en fait. » Emmy sourit. « Et il était Démocrate, tu sais ? »

Lucas paraissait amusé. « Vraiment ? »

« Oui, vraiment. Il me l'a dit. »

« Hein ? »

« Quoi ? »

Lucas secoua la tête. « Non, c'est juste... peu importe. »

Emmy s'abstint de le questionner. « De toute façon, comme je l'ai dit, je n'ai rien trouvé dans ces dossiers, qui ne semblent pas très complets. »

« Non, mais c'est tout ce dont on dispose pour l'instant. »

« Donc ces dossiers ne comportent pas *tout* sur *tout le monde* ? »

« Non. Désolé si c'est ce que j'ai laissé entendre. Ce sont en fait les dossiers que l'on remet à la presse. Pour une raison inconnue, l'agence se montre très réservée lorsqu'il s'agit des dossiers du personnel. »

Emmy laissa tomber. Au moins, elle n'aurait plus à s'inquiéter d'avoir conservé les dossiers dans sa chambre. Elle était un peu perdue. Devrait-elle démissionner, essayer autre chose. Ça lui simplifierait certainement la vie...

« Em ? Tu es là ? »

Elle cligna les yeux et sourit à son patron. « Oui, désolée. »

Lucas étudia son visage. « Tu as encore l'air fatigué. »

Probablement ses parties de jambes en l'air à répétition. « Je vais bien. »

« Tu es sûre qu'il n'y a pas eu de commotion ? Je pense que tu devrais revoir le médecin. »

Honnêtement, Lucas, ça va. » Emmy se dirigea vers la porte. « Mais je vais retourner me reposer, ne t'inquiète pas. »

Retournant vers sa chambre plongée dans ses pensées, Emmy ne se rendit pas compte que Kevin McKee venait de la rejoindre. Elle sursauta lorsqu'il commença à lui parler.

« Emmy, je voulais vous dire à nouveau combien je suis désolé. Je sais que je vous ai contrariée tout à l'heure. »

Emmy s'arrêta. « Kevin, tout va bien, pas de problème. J'avais besoin de l'entendre pour arrêter de faire l'autruche à propos de Zach. » Elle reprit sa marche, espérant qu'il la laisserait tranquille mais il continua à l'accompagner.

« Je ne me sens pas très bien. Ecoutez, » il toucha son bras, « peut-on parler ? En privé ? »

Emmy sentait la moutarde lui monter au nez. « Je vous l'ai dit, Kevin, ce n'est pas nécessaire. »

Kevin émit un petit rire embarrassé. « Ce n'est pas ça, c'est ... merde, je n'avais ce genre de problème avant. »

Emmy comprit avec horreur qu'il était en train de la draguer. Non. Elle devait l'arrêter tout de suite. « Kevin, si vous parlez de ce que je pense que vous parlez, je dois vous dire... que je fréquente quelqu'un. »

Ton patron.

Kevin haussa les épaules en souriant. « Ah, très bien, il ne faut pas m'en vouloir d'avoir essayé. Bonne nuit, Emmy. »

Elle le regarda s'éloigner. Bizarre. Ils avaient à peine échangé deux mots jusqu'à présent... *il sait. Il sait que tu suspectes quelque chose.*

Emmy frissonna. Les hommes comme Kevin étaient insidieux – pensait-il vraiment qu'il pourrait la distraire en flattant son égo ? *Trou du cul.*

Plutôt que de retourner dans sa chambre, elle choisit de retrouver Duke. Il jouait au billard au bar avec Hank et Greg mais s'interrompit lorsqu'elle lui demanda de lui parler.

Elle l'attira à l'écart. « Tu es prêt à faire une petite recherche ? »

« Toujours. Qui as-tu dans le viseur ? »

Emmy le renseigna d'un regard et le vit se décomposer. « Oh, Em, vraiment ? »

« Oui, vraiment. » Elle perdait patience. Pourquoi étaient-ils tous si déterminés à protéger Kevin McKee ?

Duke soupira. « D'accord. Mais ça fera deux services que tu me devras. Que préconises-tu ? »

« Juste une surveillance étroite. Je veux savoir ce qu'il fait et quand il le fait. Qui bosse pour lui ? Tu crois qu'on pourrait intégrer son équipe ? Et quand je dis on, je parle de toi parce qu'il vient d'essayer de me draguer et je trouve ça très étrange. »

« Plus étrange que de baiser avec le grand patron ? » Duke lui envoya un baiser en souriant malicieusement. Il avait marqué un point.

« Ecoute, j'ai dit ça comme ça... Je vais faire une petite visite à Princeton et essayer de découvrir ce qu'il a pu y faire et je dois être sûr qu'il sera à Washington pendant ce temps-là. »

« Tu sais que je pourrais avoir de sérieux ennuis pour ça ? »

« Plus d'ennuis que si on apprend que je couche avec le grand patron ? » Elle sourit, moqueuse, en répétant les propres termes de Duke.

« Très bien, je parlerai à Lucas. »

« SALUT, PATRON, TU VOULAIS ME VOIR ? »

Moxie était en train de finir son sandwich lorsqu'elle s'assit près d'Orin dans sa suite. Il congédia sa secrétaire et attendit qu'elle ait refermé la porte. Orin prit une profonde inspiration. « Mox... j'ai besoin que tu organises un sondage. »

« Bien sûr. A quel sujet ? »

Il étudia un instant son expression. « Au sujet de la réaction du peuple américain s'il apprend que la maîtresse du président est un membre de sa protection rapprochée. »

Moxie s'étouffa presque avant d'éclater de rire. « Ha, ha, ha. Tu m'as eue. »

« Je suis sérieux, Mox. »

Moxie reposa son assiette et finit sa dernière bouchée. « Tu es sérieux ? »

« Ouais. » Il s'assit face à elle. « Ecoute, je ne suis pas stupide, je sais qu'on ne peut pas aborder la question sous cet angle... »

« Tu crois ? » le coupa Moxie, incrédule. « Orin, tout ça pourrait te faire exploser en vol, toi et ta carrière, tu t'en rends compte ? »

« Oui, je sais. Mais tu comprends, j'ai rencontré la personne avec laquelle je veux passer le reste de ma vie. »

Moxie écarquillait les yeux et resta un instant bouche bée. « Après avoir couché avec une seule fois ? »

« Deux fois, » répondit-il en souriant prétentieusement. Il redevint sérieux avant de poursuivre. « Mox, je le savais déjà avant même de faire sa connaissance et de coucher avec elle. Allez, tu n'as jamais entendu parler du coup de foudre ? »

« C'est bon pour les adolescents et les comédies romantiques à la télé. Orin, tu es le Président des Etats Unis ! » Elle se leva brusquement et marcha en long et en large dans la pièce. Orin lui laissa le temps de se calmer et elle finit par se rasseoir. « On peut mettre ça sur le dos d'un gouverneur. Et ça ne peut pas être un garde du corps, ce devra être un autre membre du personnel. Aucun des deux ne devra être marié. »

Son cœur commençait à s'emballer et il souriait. « Tu vois, ça n'était pas si difficile. »

« Ça n'était pas difficile. C'est le fait que, quand vous vous serez en public... merde, Orin. Elle va perdre son boulot. En avez-vous déjà discuté ? »

« Pas directement. Je voulais d'abord avoir ton avis. »

« Mon avis est que tu es fou. Seigneur, vous ne pouvez pas vous contenter de faire ça en privé ? »

Orin se redressa dans son fauteuil. « Je veux un avenir avec Emerson Sati, Mox. »

« Tu es amoureux d'elle ? »

Il hocha la tête, préférant ne pas prononcer tout haut les mots qu'il destinait d'abord à Emmy.

Mox l'observait et rongeait manifestement son frein. « Même si Emmy ne perdait pas son boulot, peux-tu vraiment imaginer une Première Dame également chargée de prendre une balle à la place de son mari ? »

« Ne sois pas stupide, Moxie. »

« Ce n'est pas moi qui suis stupide. Tu ne peux donc pas voir la merde dans laquelle on va être ? »

« Parce que deux personnes sont tombées amoureuses, Mox ? »

« Il ne s'agit pas que de ça et tu le sais très bien. La presse va traiter Emmy de croqueuse de diamants ou de putain. » Moxie soupira. « Ecoute, attends au moins six mois. Si tes sentiments n'ont pas changé d'ici là... »

« Je ne changerai pas d'avis, Mox. Prépare le sondage. »

A VINGT-DEUX HEURES, Duke vint échanger de place et Orin partit rejoindre Emmy. Le sourire qu'elle affichait en lui ouvrant la porte valait largement le sermon qu'il venait d'essuyer de la part de Moxie. Il embrassa Emmy.

« Entre et viens t'asseoir avec moi. »

Il caressa tendrement son visage, il aurait tant aimé pouvoir effacer d'un baiser les meurtrissures encore visibles. « D'ici deux jours, je dois rentrer à la Maison Blanche. »

« Je sais, » Emmy soupira, « et la bulle va exploser. »

Orin secoua la tête. « Non. Ecoute, je veux jouer cartes sur table avec toi, Emmy. Je t'aime. Je pense que je t'ai aimée dès la seconde où je t'ai vue. Je veux être avec toi et je ne veux pas avoir à me cacher. »

Les yeux d'Emmy s'emplirent de larmes. « Tu m'aimes ? »

« Oui. » Orin lui sourit. « Beaucoup. Et je pense qu'on se comprend tous les deux. Avec toi, je ne ressens pas le poids de ma charge ni de rien d'autre. Et, seigneur, je veux te rendre heureuse, Emmy Sati. Je veux débarrasser de toute leur tristesse ces jolis yeux. Même si personne ne peut remplacer Zach. »

Emmy lui sourit, émue aux larmes. « Orin Bennett, » elle prit son visage entre ses petites mains, « je t'aime aussi. Tu m'as aidée à guérir à plus d'un titre. J'avais toujours pensé que c'était impossible, nous deux. Maintenant, je sais que c'est de ne *pas* être ensemble qui serait impossible. »

Un large sourire barrait le visage d'Orin. « Je pense exactement la même chose. Mais c'est tout aussi important que tu préserves ta carrière. »

« C'est gentil mais pas très réaliste. »

Elle se pencha vers lui et il reconnut le délicat parfum de ses cheveux et de sa peau. Il sentait la chaleur émanant de son corps. Il n'imaginait plus vivre sans elle mais elle avait raison. Peut-être que Mox avait raison elle aussi. Il devrait patienter six mois.

Ils parlèrent jusque tard dans la nuit, planifiant au mieux les détails de leur histoire d'amour clandestine, avant de faire à nouveau l'amour. Emmy s'endormit lorsqu'Orin se glissa hors de sa chambre et alla réveiller Moxie. « Tu as raison. Pour l'amour d'Emmy, nous attendrons. »

Moxie, à moitié endormie, lui adressa un sourire soulagé. « Dieu merci. »

· · ·

EMMY DORMIT PROFONDÉMENT et ne se réveilla même pas quand l'intrus ouvrit la porte de sa chambre, qui pourtant s'ouvrit dans avec un bruyant grincement. Il regardait la femme endormie, le corps à peine caché par le drap enroulé autour d'elle. Elle était vraiment belle. Il resta là un instant, la contemplant en se demandant ce qu'elle ferait s'il la réveillait, l'embrassait et lui faisait l'amour

Bien tendu, il était maintenant au courant. Orin Bennett baisait cette petite beauté et d'après ce qu'il avait entendu, le président était mordu.

Quel dommage qu'Emmy ait eu besoin de mettre son nez partout. Ça les obligerait à modifier tous leurs plans. Oui, quel dommage. Elle avait déjà perdu un grand amour et bientôt, Emmy Sati en perdrait un autre.

Kevin McKee sourit en la regardant. Peut-être qu'après, il pourrait la consolera à sa manière. Sinon... il suffirait 'd'encourager' Emmy à mettre un terme à sa douleur une bonne fois pour toutes.

Mais quel gâchis ce serait...

CHAPITRE DIX-NEUF

Avec l'aval de Duke, Emmy se rendit à Princeton sous prétexte de chercher des informations sur max Neal et ses relations sur place. Le bureau des élèves était ouvert et elle fut agréablement accueillie et renseignée par le Doyen – elle n'apprit rien de plus que ce que l'agence savait déjà.

Ils étaient assis à la cafétéria quand Emmy dirigea discrètement la discussion vers Kevin McKee. « Il a été major de sa promotion, je crois ? »

« Oh, oui, un étudiant remarquable qui fait honneur à notre institution. Il a même soutenu des élèves plus jeunes et je crois qu'il a même aidé financièrement des étudiants dans le besoin. »

« Vraiment ? »

« Oh oui. »

Emmy sirotait le café qu'il lui avait offert. « Monsieur le Doyen, j'ai cru comprendre que les sociétés secrètes étaient interdites à Princeton. Je vous pose seulement la question parce qu'il semble qu'appartenir à l'un de ces groupes signifie des avantages financiers certains. »

Le doyen approuva d'un hochement de tête. « Vous avez bien

compris, Agent Sati. Nous ne tolérons pas les sociétés secrètes. Non pas qu'il y en ait de moins secrètes non plus, bien sûr. »

« Max Neal faisait-il partie de l'une d'entre elles ? »

« Pas que je sache. »

« Et Martin Karlsson ? »

L'expression du doyen s'assombrit. « Martin était un autre de nos étudiants vedette. Sûrement un peu trop influençable mais il avait bon cœur. J'ai été navré d'apprendre sa mort. Horrible ? C'est horrible. » Elle surprit son regard, fixé sur son front encore tuméfié. Elle avait essayé de camoufler les bleus avec du maquillage mais les ecchymoses étaient encore bien visibles.

« Martin et Kevin se connaissaient-ils ? »

Le doyen secoua la tête. « Je ne crois pas. Quelques années les séparaient, ce qui ne veut pas dire que Kevin n'est pas resté attaché à l'université. »

« Il lui arrive de revenir ? »

« Au moins une fois par mois. »

Elle ne cacha pas sa surprise. « Une fois par mois ? »

Le doyen sourit. « Oui, c'est inhabituel de la part des anciens mais Kevin a toujours été reconnaissant pour les privilèges qu'il a obtenus, même si je pense qu'il en est parfois gêné et qu'il n'hésiterait pas à rendre. Comme si servir son pays n'était pas suffisant. »

« En tant que conseiller du président ? »

« Et avant, bien sûr, en Irak. »

Attendez... *quoi* ? Il n'y avait aucune trace de son engagement militaire dans le dossier de Kevin ni dans sa biographie publique. Pourquoi le cacher ? Emmy se contenta de sourire et de hocher la tête. « Bien sûr. »

Le doyen consulta sa montre. « J'espère que vous me pardonne-rez, agent, mais je dois retourner travailler. » Ils se levèrent et Emmy lui serra la main.

« Je vous remercie d'avoir accepté de me recevoir, Monsieur. J'apprécie. »

« C'était un plaisir. N'hésitez à vous promener sur le campus, Agent. Et si vous avez besoin de quoi que ce soit d'autre, je préviendrai mon assistante de vous le procurer. Ses yeux regardèrent à nouveau ses bleus et il sera la main d'Emmy chaleureusement. « Je vous remercie, agent. Prenez soin de vous. »

LE DOYEN ÉTAIT UN AMOUR, songea Emmy en se promenant sur le campus. Sa loyauté à Harvard ne la priva aucunement de la pure joie de se trouver à nouveau sur un campus. Les magnifiques édifices, les étudiants pressés rejoignant cours et séminaires... si elle devait décider de changer de métier, Emmy pensa qu'elle adorerait reprendre ses études, essayer un doctorat peut-être.

Elle discuta même avec des étudiants, les interrogeant sur leurs activités et les clubs et sociétés secrètes dont ils auraient connaissance. Mais elle se rendit vite compte qu'elle s'était maintenant focalisée sur une question. Pourquoi la carrière militaire de Kevin McKee avait-elle été dissimulée. Elle ne comprenait pas pourquoi il voudrait effacer toutes traces de ce passé dans ses récits personnels.

Sur le trajet de retour à Washington, Emmy ne remarqua pas immédiatement la Sedan noire qui la suivait. Ce n'est qu'en parvenant sur la route de Georgetown qu'elle s'en aperçut. Elle modifia son itinéraire habituel, passant par des rues secondaires à plusieurs reprises mais elle ne parvint pas à semer le véhicule, toujours derrière elle.

Merde.

Emmy renonça à l'idée de rentrer directement chez elle et décida de rejoindre la Maison Blanche. En s'engageant dans l'Avenue Pennsylvania, elle réalisa que la voiture qui la suivait avait disparu. « Enfoiré ».

Elle avait réussi à mémoriser la moitié de l'immatriculation et se s'en répétait les numéros lorsque Duke vint à sa rencontre. « Comment ça s'est passé ? »

« Bien. Pas grand-chose qu'on ne sache déjà sur Max Neal. Veux-tu fermer la porte, Duke ? »

Duke parut surpris mais s'exécuta. Emmy hésita un instant. « Duke... savais-tu que Kevin McKee avait servi dans l'armée ? »

« Non, ce n'est pas le cas. »

« Ce n'est pas ce que m'a dit le Doyen de Princeton. Il m'a dit que McKee avait été en mission en Irak. »

Duke la regardait, ébahi. « Quoi ? »

Emmy hocha la tête et ouvrit son portable. « J'ai effectué une recherche sur Google pour ne pas laisser de traces sur notre système informatique mais oui. Il n'y a aucune trace de son passage à l'armée. Pourquoi ? »

Duke haussa les épaules. « Je n'en ai aucune idée. »

« Il a dû se passer quelque chose. »

Emmy hocha la tête. « Donc, j'ai fait des recherches sur la carrière militaire de Max Neal et il semble qu'il ait lui aussi servi au Moyen-Orient. »

« Attends, attends, attends... Emmy, c'est une blague ? »

« Duke, allons. Si McKee a servi à la même époque que Neal, nous avons le lien. »

Duke soupira, la tête entre les mains et réfléchit pendant quelques instants. « D'accord. Donc on va voir Lucas. Demande-lui pourquoi les antécédents de McKee ont été expurgés et si on peut trouver dans quel régiment il était affecté. Ça ne voudra toujours pas dire qu'ils se connaissaient ou s'ils sont toujours en contact. »

« D'accord mais je crois que ça vaut le coup de suivre cette piste. » Emmy hésitait raconter à Duke la filature dont elle avait fait l'objet mais y renonça. Elle ne voulait pas qu'on en fasse toute une histoire.

Duke n'était pas satisfait et observait son amie. « Tu es prête pour la tempête médiatique qui va nous tomber dessus si cette info devient publique ? »

« Je fais seulement mon travail, Duke. » Mais elle se demandait ce qu'Orin penserait quand il saurait qu'elle avait enquêté sur l'un de ses plus proches conseillers.

LORSQU'ELLE LE RETROUVA quelques heures plus tard, juste pour quelques instants volés dans le Bureau Ovale, elle ne mentionna pas son enquête. Orin l'embrassa puis appuya son front contre le sien.

« Tu as raison à propos de l'explosion de notre bulle, » dit-il avant de sourire. « Ça va être beaucoup plus difficile de se retrouver discrète-ment. Plus difficile mais pas impossible. »

Emmy passa les bras autour de sa taille et leva les yeux vers lui. « Tu es sûr que le jeu en vaut la chandelle ? »

« Ne me pose plus jamais la question, ma chérie. Tu vaux tous les sacrifices du monde à mes yeux. »

CHAPITRE VINGT

Emmy et Orin savaient qu'ils devraient faire face à de nombreux obstacles pour vivre leur histoire mais suite aux avertissements d'Orin, Emmy prouva qu'il n'était pas si compliqué de se faufiler dans la chambre du Président avec l'aide de Duke. « Tu réalises que tu es mon maquereau maintenant, » murmura-t-elle alors qu'ils empruntaient le passage souterrain sous la Maison Blanche pour rejoindre la résidence privée.

Orin l'attendait dans sa chambre et, contrairement à toutes les règles du Protocole, verrouilla sa porte derrière Emmy. « Salut, ma beauté. » Il pencha la tête pour l'embrasser et, dès qu'elle sentit ses lèvres sur les siennes, Emmy oublia tout de l'étiquette, de ses responsabilités et de tout le reste.

« Salut, Monsieur le Président. » Elle lui sourit tendrement.

Orin passa derrière son oreille une de ses mèches rebelles. « Ça fait un mois et chaque nuit, je pense à toi. »

Emmy hocha la tête. « Moi aussi. Je dois dire que tout ça est assez bizarre. On peut s'asseoir un moment ? Juste pour parler ? »

« Bien sûr, bébé. »

Elle sentit son cœur battre un peu plus vite et alors que ses mains l'enserraient fermement pour la guider vers le canapé, elle fut à nouveau envahie par un sentiment de sécurité entre ses bras. « Donc, veux-tu discuter de notre inconscience ? »

Emmy gloussa. « Eh bien, c'est le cas mais ce n'est pas ce dont je veux te parler. Je vais démissionner de ta garde rapprochée. »

Il soupira mais hocha la tête. « Je comprends. Bon dieu, je suis désolé. »

« Ne sois pas désolé. C'est mon choix. Cela fait une semaine que je pèse le pour et le contre et je pense... » Elle déglutit avant de poursuivre, « je pense que je dois avouer notre relation à Lucas Harper. C'est injuste vis-à-vis de Duke et de Moxie. Tu as un pays à administrer et je suis une distraction. »

« Si Lucas savait... il pourrait te licencier. »

Elle acquiesça. « Il le pourrait et peut-être le devrait-il. Je vais lui proposer de démissionner. »

« Attend... non. » Orin se leva et fit les cent pas dans la pièce, son beau visage crispé d'angoisse. « Non, c'est injuste, Emmy, c'est moi qui nous ai mis dans ce pétrin »

« Pardon, Monsieur le Président, mais j'étais *volontaire*. Je savais ce que je faisais et je savais que, professionnellement, c'était inacceptable. »

Seigneur. » Orin secouait la tête. « Emmy, pourquoi devrais-tu... »

« Orin, allons. Tu es le président. Ecoute, je pourrais travailler dans la sécurité privée, devenir consultant... il y a plein de possibilités. Je pourrais même me former à tout autre chose. Retourner étudier. J'ai tout un tas de possibilités. »

Il plissa les yeux en l'observant. « Et tu as décidé tout ça en un mois ? »

Emmy perdait patience. Cela faisait deux jours qu'elle répétait sa démonstration mais Orin lui faisait la leçon. La pensée de quitter les Services Secrets lui brisait le cœur mais elle ne supportait plus d'avoir à se cacher. Par ailleurs, c'était pire encore d'imaginer ne plus être avec Orin.

Elle s'interrogeait depuis un mois. *Tu as couché avec lui, d'accord, mais renoncer à ton job ?* Orin Bennett l'avait ramenée à la vie. Depuis leur rencontre, elle se sentait soulagée d'un grand poids, et même Marge et ses amis s'en étaient rendus compte.

Orin se rassit près d'elle. « Je ne peux pas renoncer à toi. Je suis désolé si ça me rend extrêmement égoïste mais c'est la vérité. Je te veux à mes côtés, Emmy, je veux tu sois ma compagne et je ne veux plus avoir à m'en cacher. »

Emmy hocha la tête et se pencha pour l'embrasser. Quelque chose au fond d'elle aurait aimé qu'il insiste encore mais que pouvait-elle espérer ? Il était Président des Etats Unis et elle était juste l'un de ses agents.

Et maintenant, son amant. « Je ne veux plus en parler, » dit-elle doucement, approuvée par Orin qui la prit dans ses bras.

« Emmy... ce que tu es prête à abandonner pour moi, je t'en serai toujours redevable. »

Il l'embrassa tendrement et l'aida à se lever. Ils se dirigèrent vers le lit et commencèrent à se déshabiller l'un l'autre. Emmy caressa son visage remarqua les traces de la fatigue. « Tu vas bien ? » demanda-t-elle. Il hocha la tête. « C'est toute cette merde autour d'Ellis. On dirait que ça n'en finira jamais. »

Emmy l'embrassa. « Laisse-moi te distraire ce soir. Si Lucas me permet de garder mon job, je ferai tout ce qui est en mon pouvoir pour t'aider. Même s'il ne... »

Orin l'interrompit d'un baiser fougueux et la souleva de terre pour la porter jusqu'au lit. Elle sentait son énorme queue contre sa cuisse et elle entoura sa taille de ses jambes « Viens, bébé. »

Orin enfila rapidement un préservatif et lui sourit. « Tu me fais tourner la tête, Mlle Sati. »

Elle gémit lorsqu'il la pénétra et elle le serra un peu plus fort, leurs lèvres jointes tandis que sa queue plongeait au fond de son accueillante chatte trempée. Il joua avec son clito jusqu'à ce qu'ils parviennent tous les deux à l'orgasme, laissant le corps d'Emmy tremblant d'extase.

. . .

Ils firent l'amour jusqu'aux premières heures du jour, s'interrompant pour bavarder, se raconter leurs espoirs et leurs rêves, laissant de côté tout ce qui concernait leurs carrières respectives. Lorsqu'ils étaient au lit, ils n'étaient plus qu'Emmy et Orin. Elle se sentait son égal, même quand Orin suçait ses tétons ou plongeait sa queue en elle.

A quatre heures du matin, Emmy se glissa à regret hors du lit. « Je dois y aller. »

« Si seulement... »

Elle lui sourit. « Si seulement quoi, Orin ? »

« J'aimerais que tu n'aies pas à partir. J'aimerais pouvoir sortir en te tenant par la main et annoncer au reste du monde que je suis amoureux de la plus belle de toutes les femmes. » Il se tut et partit d'un rire gêné. « J'aimerais, j'aimerais, j'aimerais. »

Emmy se pencha vers lui et déposa un baiser sur sa bouche. « Repose-toi un peu au moins. Tu as un pays à gérer d'ici à quelques heures, Commandant. »

« Jusqu'à la prochaine fois. »

« La prochaine fois. »

Sur son trajet de retour, Emmy se demanda si elle était devenue folle. Allait-elle vraiment faire ça, mettre un point d'arrêt à sa carrière pour cet homme. Elle fut soudain frappée par la force de la décision qu'elle venait de prendre et dut garer précipitamment sa voiture sur le bas-côté pour reprendre son souffle. Quel que soit l'angle sous lequel elle envisageait la situation, elle sacrifiait sa carrière. Et dans quel but ? Rien de bon ne sortirait de cette relation. Jamais Orin ne pourrait la fréquenter ouvertement, même si elle quittait les Services Secrets. Jamais elle ne serait considérée comme acceptable n'étant ni politicienne ni avocate de haut vol. Elle voyait déjà la presse la dénigrer – un petit agent. Elle serait réduite au rôle de maîtresse du président aux yeux du monde.

Et Zach... ne salirait-elle pas son sacrifice en renonçant à sa carrière ? Son cœur lui répondait oui, encore et encore. Soudain,

Emmy perdit la tête. Elle maltraitait son levier de vitesse en hurlant *Merde !* de toutes ses forces.

Elle ferma les yeux un moment pour reprendre ses esprits. Elle fit demi-tour et retourna au bureau. Lucas discutait avec un agent lorsqu'elle entra dans la salle mais dès qu'il aperçut son visage, il sut que quelque chose n'allait pas. Il lui indiqua d'entrer dans son bureau et ferma la porte.

« Quoi ? Qu'est-ce qui se passe, Em ? »

Emmy prit une grande inspiration et le regarda droit dans les yeux. « Lucas... je te présente ma démission. Quand tu auras entendu ce que j'ai à te dire, tu ne voudras probablement pas que je reste. »

« Pourquoi ? »

« Parce que j'ai enfreint toutes les règles, Lucas. J'ai failli à tous mes devoirs. Je t'ai menti et j'ai menti au Service. Lucas... je couche avec le président. »

CHAPITRE VINGT-ET-UN

L ucas regarda Emmy fixement pendant un moment, exprimant toue son incompréhension. Il esquissa un sourire prudent. « Très drôle, Em. Tu m'as bien eu. »

Emmy ne dit mot, l'expression figée et Lucas commença à comprendre qu'elle ne plaisantait pas. Il cligna des yeux, toujours bouche bée. « Tu te fous de moi, là ? »

« Non. »

« A quoi penses-tu, *Emmy* ? » Il peinait à trouver ses mots et Emmy s'arma de tout son courage pour faire face à la tempête. Elle la méritait après tout.

Lucas s'effondra sur son fauteuil. « Assieds-toi, Agent Sati. »

Emmy s'assit et attendit, les mains jointes pour les empêcher de trembler. Lucas l'observait.

« Bon... Mon Dieu, je ne sais même pas par quoi commencer. Tu es en train de me dire que tu as des relations sexuelles avec le Président Orin Bennett ? »

« Oui, monsieur. »

« Depuis quand ? »

« Un mois, monsieur. »

Lucas se recula contre le dossier. « Et vous étiez tous les deux consentants ? »

« Oui, monsieur. »

Lucas se frotta le front, tentant d'intégrer toutes les conséquences prévisibles de ce qu'Emmy venait de lui annoncer. « A quelle fréquence ? Euh, je déteste avoir à poser cette question. »

« Presque toutes les nuits, monsieur. A Camp David et à la Maison Blanche. »

« Etais-tu en service alors ? »

« Non, monsieur. »

« C'est déjà ça. » Lucas secouait la tête. « Emmy, à quoi pensais-tu ? Eprouves-tu des sentiments pour Orin Bennett ? »

« Oui, monsieur. »

« Et lui ? »

« Il faudrait lui demander mais il m'a dit que... »

« D'accord, d'accord. » Lucas soupira. « Emmy... tu réalises la gravité de la situation ? »

« Oui, Lucas, c'est la raison pour laquelle je suis venue t'en parler. »

« *Après* coup. »

Emmy se sentit s'empourprer. « Oui, monsieur. »

Lucas se leva et sembla s'abîmer dans la contemplation du paysage et Emmy patienta. Elle ne supportait pas l'idée de l'avoir déçu, son mentor, ami et patron.

Lucas finit par prendre la parole. « Je ne suis pas d'accord. »

« Excuse-moi ? » Emmy était perplexe.

« Ta démission. Je la refuse. Tu seras mutée. Evidemment, ta mission de protection du président est compromise mais je ne peux pas me permettre de perdre l'un de mes meilleurs agents juste à cause de quelques parties de jambes en l'air. Même si *c'était* avec le Président des Etats Unis. »

Emmy serrait si fort les poings que ses ongles entamaient la paume de ses mains. Une sueur froide lui parcourut l'échine. « Lucas, je veux que tu saches... je n'ai jamais imaginé qu'une telle chose puisse se produire. J'ai lutté aussi longtemps que j'ai pu. »

Lucas se rassit lourdement en la fixant méchamment. « Est-ce que ça a quelque chose à voir avec la mort de Zach ? Tu es peut-être revenue travailler trop tôt ? »

« Lucas, je suis amoureuse d'Orin Bennett et il est amoureux de moi. » Voilà, tout était dit. Lucas soupira et se frotta les yeux. « Bon sang, Emmy. »

« Je sais. »

Ils restèrent silencieux pendant quelques instants. « Tu as dû avoir de l'aide pour pouvoir te faufiler à la Maison Blanche. »

« Oui, monsieur. »

« Me diras-tu de qui il s'agit ? »

« Non, monsieur. »

« Bonne fille, » dit-il calmement. Il se pencha sur son bureau. « Je vais te transférer ailleurs mais tu conserveras tous tes accès. Je préviendrai mes supérieurs que tu as montré des aptitudes dans l'enquête en cours et que tu as émis le désir d'être mutée pour focaliser ton action sur les menaces pesant sur le président. Ça, au moins, c'est totalement vrai. » Il lui sourit. « Merci, Emmy. Vraiment, je n'avais rien soupçonné et tu aurais pu continuer comme ça pendant des mois. J'apprécie ton honnêteté. »

EMMY SORTIT du bureau de Lucas et rejoignit le sien. Duke y était et parut surpris de la voir. « Salut, je ne pensais que tu étais là aujourd'hui. »

« Elle ferma la porte derrière elle. « Duke... je viens de tout dire à Lucas. »

« Pourquoi ? » Duke paniquait mais elle lui fit un geste apaisant de la main.

« Je ne lui ai rien dit à ton sujet, ne t'inquiète pas. Mais il sait pour moi et le président. »

« Avec Lucas, cinq personnes sont désormais au courant. » Duke se détendait. « En toute franchise, Em, comment toi et Bennett pensez-vous garder un tel secret ? »

« Tant que ça dure. Jusqu'à ce que les choses soient... résolues, d'une façon ou d'une autre. »

Elle ne supportait pas l'air compatissant de Duke. « Jeune fille... tu sais comment tout ça va finir ? Ça en vaut la peine ? »

Emmy soutint son regard calmement et hocha la tête. « Oui, Duke, *il* en vaut la peine. »

LE LENDEMAIN MATIN, Orin rencontrait Moxie, Kevin et Issa dans le Bureau Ovale, pour élaborer ensemble le discours qu'il devait donner dans la semaine à un colloque de chefs d'entreprises. Alors que Moxie intervenait, précisant l'objectif du discours, Orin se surprit à rêver. Pendant le rapport de sécurité ce matin, Lucas Harper lui, avait peur de ses craintes. Max Neal évoluait dans une telle clandestinité qu'il était probable qu'ils le trouvent jamais.

« Bien entendu, ça signifie que nous allons devoir changer votre dispositif de sécurité. C'est l'une des raisons. »

Orin avait relevé les yeux et remarqua l'expression dans le regard de Lucas. « Emmy m'a dit qu'elle vous avait parlé. »

« Votre relation ne me regarde pas, monsieur... »

« Non, en effet. »

« Mais le bien-être de mes agents, si. J'espère que vous avez tous les deux mesuré les implications du maintien, hum, de vos assignations. »

Orin ne put retenir un sourire. « Assignations, Lucas ? »

Lucas sourit également. « Navré, monsieur. Je prends soin de mes agents. »

Il partait déjà, mais Orin le rappela. « Lucas... merci de ne pas l'avoir saquée. Elle mérite mieux que ça. »

« Oui, monsieur, en effet. »

IL NE SAVAIT PAS si la mesure prise par Lucas était une sanction ou non, mais il prenait les choses à cœur. Lorsqu'Emmy vint le retrouver dans la suite Lincoln ce soir-là, il l'embrassa et la regarda droit dans les yeux. « Est-ce que tout va bien ? »

« Bien sûr. Pourquoi ? Il s'est passé quelque chose ? »

Orin lui sourit. « Je me demandais. Aujourd'hui, Lucas m'a dit qu'il était au courant. »

« Ah. »

« Il ne te rend pas la vie trop dure ? »

« Emmy sourit ? « Non. Mais je crois que je préfèrerais encore que ce soit le cas mais non, il a été très juste. »

« Tu es donc un enquêteur maintenant ? »

« Exactement comme Cagney. Ou Lacey. Comme tu veux. »

Orin rit. « Tu n'es même pas assez vieille pour connaître cette série. »

« Attention à ce que tu dis, Bennett. Cagney et Lacey sont mes héroïnes. »

Orin éclata de rire. « Tu vois ? Personne ne me fait rire comme toi, Emerson Sati. Personne ne m'apporte autant de... »

« De quoi ? »

« *De joie,* » dit-il simplement, la voix pourtant chargée d'émotion qui fit battre plus vite le cœur d'Emmy.

« Je t'aime tant, » répondit-elle. « Peut-être encore plus que j'ai aimé Zach... non, ce n'est pas vrai. Je t'aime différemment. Avec Zach, je me sentais toujours... adolescente. On n'arrêtait pas de rire et c'était exactement ce dont j'avais besoin à l'époque. Je l'aimerai et le respecterai toujours pour ça. Mais avec toi... » Elle passa la main sur son visage. « Je me sens femme. Quelqu'un qui a traversé le pire mais s'en est sorti – et considère désormais l'amour d'une manière totalement différente. Je sais que ce n'est ni facile, ni évident, ni simple. »

Orin se précipita sur sa bouche et ils renoncèrent à discuter pour se débarrasser de leurs vêtements et s'allonger sur le lit.

Orin caressa ses seins, qu'il prit en coupe dans ses mains. « Ma Déesse voluptueuse. »

Emmy sourit. « Le sang indien. Il n'y a aucune maigrichonne dans ma famille. »

« Parfait. Tu les vois souvent ? »

Elle secoua la tête. « Cela fait des années que je ne les ai pas vus, personne n'a gardé le contact. On n'a jamais été très proche mais ce n'est que quand j'ai commencé à fréquenter Zach que j'ai compris de quoi était capable une famille. Aujourd'hui, c'est ma voisine Marge et mes frères d'arme qui constituent ma nouvelle famille. Oh, et le cousin australien de Zach. »

« J'ai entendu parler de lui. Moxie m'a dit qu'il était le sosie de Zach. Ça a dû être troublant pour toi. »

« C'est vrai, je l'admets. Mais bizarrement, il m'a aidée. » Elle reposa son menton sur son torse et lui sourit. « Et toi ? »

« Enfant unique. Mes parents sont décédés il y a quelques années. Comme toi, ma famille est aujourd'hui constituée de mes proches. Moxie, Peyton, Charlie. »

Emmy mordit sa lèvre inférieure. « Kevin ? »

« Et Kevin et Issa. Et maintenant, toi, Emmy. Je ne peux plus imaginer ma vie sans toi. »

« Moi non plus. »

Orin caressa ses cheveux et la contempla avec tant d'intensité amoureuse qu'Emmy oublia tout. Il la poussa délicatement pour qu'elle s'étende et commença à lui faire l'amour. Emmy savourait chaque instant, chaque caresse tandis qu'il la pénétrait. Leurs corps ondulaient à l'unisson. Orin ne négligeait aucune partie de son corps qu'il embrassait, caressait et goûtait avidement, suçant ses tétons jusqu'à les durcir, effleurant son ventre jusqu'à ce qu'il frémisse.

Il était presque trois heures lorsqu'ils s'endormirent mais les rêves d'Emmy furent tourmentés et elle se réveilla en sursaut, haletant et sanglotant. Orin l'enlaça. « Que se passe-t-il, mon amour ? Qu'est-ce qu'il y a ? »

Emmy tentait de reprendre sa respiration et s'effondra contre lui. « Je ne sais pas... mais je ne veux pas que tu prononces ce discours. Ne prononce pas ce discours. »

CHAPITRE VINGT-DEUX

« **J**e suis désolé, bébé, mais je ne peux pas annuler. Tout est organisé. Les participants viennent de... »

« C'est bon, Orin, vraiment. J'ai été – c'était juste un mauvais rêve et j'ai été stupide. Je suis désolée. » Emmy était rentrée chez elle plus tard dans l'après-midi et Orin l'avait déjà appelée à deux reprises. « Je suis désolée de t'avoir imposé ça. »

« Imposé quoi ? Tu as fait un mauvais rêve, c'est tout. Je suis certain que ce ne sera pas le dernier de notre vie commune. »

Elle sourit face au téléphone. « De notre vie commune. »

« Y a plutôt intérêt, mon petit cul. »

Elle gloussa. « Quel langage pour le Bureau Ovale! »

« J'ai interrogé le Sénat et ils sont tombés d'accord, tu as un beau petit cul. »

« Tu es un *horrible* président. »

Orin rit. « Je sais, je sais. Ecoute. Le colloque est dans trois jours et il est complet. Ça n'arrive pratiquement jamais. Kevin a fait un coup de maître. »

Emmy mordit sa lèvre. « Bien. Je suis contente. »

« Tu vas bien ? »

Orin avait décelé l'hésitation dans sa voix. « Bien sûr. »

« Ecoute, ce soir, il y a un Dîner d'état... je veux que tu saches que, si j'avais mon mot à dire, tu serais à mes côtés. »

« Il faut être réalistes, mon amour... oh, Orin, quelqu'un frappe à ma porte. Je dois y aller. »

« À demain, alors ? »

« À demain. »

LORSQU'ELLE OUVRIT sa porte d'entrée, Emmy eut un comme un choc. Kevin McKee se tenait sur le seuil, un sourire sardonique aux lèvres – ses yeux, eux, ne souriaient pas. « On dirait que vous venez de voir un fantôme, Emmy. Puis-je entrer ? »

Elle s'effaça mécaniquement pour le laisser passer et se mit à chercher du regard une arme potentielle pour se défendre, au cas où il penserait à l'agresser. Son arme de service était restée dans sa chambre. Elle était vive mais Kevin était massif.

Il lui sourit. « Je suis navré de m'imposer mais je voulais vous parler. »

Elle hocha la tête mais toute son attitude exprimait la méfiance qu'elle ressentait. « Je peux vous offrir quelque chose ? »

« Du café, ce sera parfait, merci. » Il jeta un coup d'œil circulaire. « Votre petit ami vit ici avec vous ? »

Ce ne sont pas vos affaires. « Non. Je n'ai que du café instantané par contre. »

« J'adore ça. »

Elle tremblait presque en remplissant la bouilloire dans la cuisine. Elle se tourna vers le placard et sursauta. Kevin était juste derrière elle.

« Désolé, désolé, j'aurais dû dire quelque chose. »

Il approcha sa main de la joue d'Emmy, qui recula vivement. Kevin sourit. « Toutes mes excuses, je n'avais pas l'intention de vous faire peur, adorable Emmy. »

Bon. Tout ça devenait bien trop *bizarre*. « Donc, » commença-t-il en se hissant sur le bar de la cuisine, détendu, amical, « j'ai entendu dire que vous vous étiez rendue à Princeton pour y poser tout un tas de questions. Est-ce que je peux vous renseigner ? »

Attention, elle savait qu'elle devait faire très attention. « Oui, j'y suis allée. Votre nom a bien entendu été cité, compte tenu de que vous y avez réalisé, mais cette visite concernait Max Neal. »

Kevin hocha lentement la tête. « Max a obtenu son diplôme après moi mais je l'ai rencontré quelques fois. Je l'ai trouvé – médiocre. »

« Dans quel domaine ? »

« Il avait toute l'énergie et le bagout du militant, mais il n'en n'avait pas les convictions. Emmy, puis-je être sincère ? »

« Je vous en prie. » Elle lui tendit une tasse de café et il l'en remercia.

« Selon moi, les Services Secrets ont surestimé les capacités de Max Neal, tant en matière de financement que des relations qui lui seraient nécessaires pour s'attaquer au président. »

Emmy accusa le coup. Plutôt que de lui répondre, elle décida de changer de tactique. « Je suis plus intéressée par ses états de service au sein de l'armée. Je sais qu'il a servi. » Elle croisa le regard de Kevin. « Je me demande si quelque chose ne lui serait pas arrivé là-bas, quelque chose qui aurait pu le mettre en colère à ce point. Tellement en colère qu'il aurait sans scrupule fait exploser un gymnase plein de gosses. »

Kevin soutenait son regard calmement. « Il était toujours énervé, Emmy. Certaines personnes ne font... que du mal. »

Emmy buvait son café. « Avez-vous jamais fait des choses répréhensibles, Kevin ? »

Il marqua un silence avant de lui sourire. « Etes-vous en train de flirter avec moi, Agent Sati ? »

Beurk. Mais elle lui rendit son sourire. « Non, je plaisante. Kevin, pourquoi êtes-vous venu ici ? »

Le visage de Kevin s'assombrit. « Emmy, je suis venu vous prévenir. »

Elle ressenti une montée d'adrénaline quand Kevin sauta à bas du comptoir. « En toute amitié... vos visites nocturnes à la chambre Lincoln... »

Et merde. Emmy resta impassible. « Pardon ? »

Kevin sourit. « Je dis juste... les gens savent maintenant – et des gens qui ne portent pas le nouveau président dans leur cœur. Je voulais juste que vous soyez prête si quelque chose se produit. »

« Donc, c'est un avertissement amical ? » Elle savait exactement ce qu'il voulait dire. *Arrêtez de fourrer votre nez dans mes affaires ou j'informerai le monde que vous baisez avec le président.* Elle était coincée. *Enfoiré.*

Kevin toucha à nouveau son visage et elle tenta de rester immobile. « Bon dieu que vous êtes belle. Je comprends pourquoi il a craqué pour vous, Emmy. Je veux juste que vous puissiez être heureux tous les deux. Il consulta sa montre. « Mince, je dois rentrer pour le Dîner d'état, vous y serez ? »

Il prenait un malin plaisir à laisser entendre qu'elle était une espèce de racoleuse occasionnelle. « Non, je ne suis pas en service ce soir. Mais je serai au colloque vendredi. »

« Très bien, nous nous verrons là-bas dans ce cas. Merci pour le café. » Et il s'éclipsa soudainement.

Emmy referma la porte et la verrouilla. Quel sale type. Comment avait-il appris qu'elle avait consulté son dossier militaire, se demandait-elle, même si elle n'avait rien appris. Chacune des portes qu'elle avait tenté d'ouvrir depuis un mois lui avaient claquées au nez. Que pouvait bien cacher Kevin McKee ?

ELLE SE SENTAIT MAL à l'aise chez elle après la visite de McKee. Elle glissa son arme de service dans sa ceinture et traversa le couloir pour rendre visite à Marge et passer la soirée avec elle. En rentrant à minuit, elle s'assura que toutes les portes et fenêtres étaient bien fermées. Pour se rassurer, elle glissa son arme sous son oreiller. Sa tension nerveuse ne s'apaisa que lorsque son portable émit un signal de réception d'un SMS.

Tu me manques. Je t'aime. O.

23

CHAPITRE VINGT-TROIS

L a salle de bal du Kennedy Center était peuplée de personnalités du monde politique et des affaires, avides d'entendre le discours du Président. Emmy, Duke et une douzaine d'autres agents s'affairaient efficacement, vérifiant les dispositifs de sécurité, mis en place depuis des semaines.

EN COULISSES, Lucas et une équipe d'agents attendaient le président qui, dès son arrivée, fut accueilli par un Orin souriant. « Salut les gars. Comment ça va, Lucas ? »

Au détour d'un couloir, Orin aperçut Emmy, ses longs cheveux lâchés et vêtue d'une longue robe fluide épousant parfaitement sa silhouette. Le cœur d'Orin se serra en la voyant. *La femme que j'aime.* Il aurait voulu le crier à la face du monde et la prendre sans ses bras devant toute l'assemblée. Il se foutait de ce qu'ils pouvaient penser.

Elle se retourna et sourit en croisant son regard. Orin posa une main sur son cœur, d'un geste discret mais lourd de sens, avant d'être accompagné jusqu'à la scène.

. . .

Emmy prit place côté cour, balayant la salle d'un regard perçant tandis qu'Orin commençait à parler. Elle ressentait à nouveau cette sensation désagréable qui l'avait empêchée de dormir, que quelque chose allait se produire ce soir. Elle avait passé en revue le moindre détail du plan de sécurité, vérifiant elle-même des aspects que l'équipe avait déjà contrôlés à plusieurs reprises.

La voix d'Orin était chaleureuse et cordiale et elle aurait aimé pouvoir écouter ce qu'il disait mais quelque chose l'angoissait. Elle gardait Kevin McKee dans son champ de vision en plus de surveiller l'assistance. Son regard s'arrêtait sur le visage de chacun des invités – et s'arrêta sur une personne en particulier. Assez ordinaire, les cheveux blancs, d'âge moyen et barbu, l'homme était accompagné d'une femme qu'Emmy reconnut vaguement, probablement pour l'avoir vue dans les pages d'un magazine. La raison pour laquelle l'homme piqua son intérêt était la manière dont il regardait avec insistance McKee puis le président.

Attendait-il un signal ?

Le discours se déroula sans incident mais c'est alors que l'assemblée s'était levée et applaudissait à tout rompre qu'Emmy surprit l'homme glisser la main dans sa poche. Tous ses sens en alerte, la foule lui sembla quitter la pièce au ralenti et un reflet métallique attira son attention.

Non. Jamais de la vie.

Elle se jeta devant Orin, tandis que tout son monde s'évanouit dans une explosion de douleur.

Ce fut alors une véritable débandade, Orin fut descendu de la scène par Lucas et Duke alors que des balles sifflaient encore mais tout ce qu'il voyait était son amour, étendue au sol les yeux clos, sa robe blanche couverte de sang. Il tenta de se libérer de ses agents pour la rejoindre mais ils l'emmenèrent de force – une scène assez impressionnante – alors qu'il criait le nom d'Emmy.

Lucas le poussa dans la voiture et ils quittèrent les lieux dans un crissement de pneus. Orin s'adressa au chef de la sécurité le regard noir. « Dites-moi qu'elle va bien, dites-moi qu'elle va bien ! »

Lucas paraissait choqué tant il était blême. « Monsieur le Président, nous devons retourner à la Maison Blanche. »

Orin explosa soudain, la terreur de perdre son amour balayant tout sur son passage. « Faites demi-tour ! Maintenant ! »

« Non, monsieur. On ne peut pas. »

« C'est un ordre de votre Commandant en chef ! »

« *Non*, monsieur. Nous rentrons à la Maison Blanche. » La voix de Lucas était maintenant ferme et son regard disait « Je sais. Je sais combien vous souffrez. Mais c'est comme ça. »

Orin se rassit brutalement en grognant. « Essayez au moins de parler avec quelqu'un. Je veux savoir comment elle va, maintenant. »

Lucas acquiesça, manifestement soulagé qu'Orin batte en retraite. Il appela Duke. « Qu'est-ce qui se passe ? »

LES AMBULANCES ÉTAIENT ARRIVÉES TRÈS VITE. Duke avait accompagné les secours auprès d'Emmy, gisant toujours sur la scène, l'esprit en ébullition. Que venait-il de se passer ? Les plus haut-gradés avaient tous été évacués, le tireur était maîtrisé et arrêté, la salle de bal était désormais désertée et Duke, la gorge serrée, s'agenouilla près de son amie blessée.

Elle était livide, inconsciente et baignant dans son sang. La balle avait touché l'abdomen et sa robe était maculée de sang.

« Emmy ? Emmy, si vous m'entendez, pressez ma main. » L'urgentiste attendit puis secoua la tête. « Rien. Aucune réponse. »

« Elle a reçu un tir qui pourrait être fatal. Il faut l'emmener à l'hôpital *tout de suite*. »

Duke se reprit et répondit à l'appel de Lucas. « Ils l'emmènent aux urgences de George Washington. « Elle s'est pris une balle dans le ventre, Lucas... il y a du sang partout et elle ne répond à aucune stimulation. »

Il entendit à peine la réponse de Lucas, accompagnant le brancard à l'ambulance. « Je te rappelle de l'hôpital. »

.   .   .

« Je veux aller à l'hôpital maintenant, » exigea Orin alors que les membres du service étaient réunis dans le Bureau Ovale. « Et pas de discussion. »

Il consulta du regard Moxie qui le mettait en garde d'un signe de la tête mais il était bien trop bouleversé pour s'en préoccuper.

« Je pense que je ferai mieux de vous le dire. L'Agent Sati et moi avons une relation. Je l'aime. Et le simple fait de penser... » Sa voix s'était brisée et Peyton s'approcha de lui pour le réconforter.

« Asseyons-nous. S'ils conduisent Emmy aux urgences, elle va être prise immédiatement en charge en chirurgie. Orin, assieds-toi, reprends tes esprits et on va voir ce que l'on peut faire. »

Emmy ouvrit les yeux et reprit péniblement sa respiration. Allongée, elle ne pouvait voir que les dalles du plafond et ne pouvait que deviner les silhouettes penchées au-dessus d'elle. Elle était totalement désorientée. « Orin ? »

La figure pâle et les traits tirés de Duke lui apparurent. « Jeune fille, grâce au ciel, tu es réveillée. »

« Orin va bien ? »

Duke acquiesça. « Le président va bien, Em. Tu lui as sauvé la vie. »

Emmy se détendit mais l'adrénaline s'était maintenant dissipée et la douleur s'amplifiait. « Merde. Qu'est-ce qui s'est passé », Duke ? Putain, j'ai mal... »

Duke sourit malgré lui. « Tu t'es fait tirer dessus. » Son sourire pâlit et il s'empressa auprès d'elle pour lui tenir la main. « La blessure est grave, Em. Ils vont t'opérer dans quelques instants. «Tu me promets... tu te bats, hein ? »

Elle hocha doucement la tête.

« Dis-le, Em. » La voix de Duke tremblait d'émotion et elle essaya de sourire.

« Je te le promets. Il va vraiment bien ? »

Une larme roula sur la joue de Duke. « Oui, il va bien, ma belle. Et si ça peut te rassurer, on a été obligé de l'éloigner de toi de force. »

Emmy sourit puis un nouveau visage apparut dans son champ de vision. « On vous emmène en chirurgie maintenant, Emerson, pour retirer cette balle de votre corps. »

Quelques minutes plus tard, Emmy était en salle d'opération et elle ne put s'empêcher de se demander si elle se relèverait de l'anesthésie tout en étant rassurée de savoir que l'homme qu'elle aimait était bien vivant.

Je t'aime, Orin Bennett... et elle sombra.

CHAPITRE VINGT-QUATRE

O rin Bennett se tenait derrière le pupitre de la Salle de Presse de la Maison Blanche et attendait que tous les journalistes soient installés. Une semaine s'était écoulée depuis la fusillade, une semaine depuis que l'amour de sa vie avait reçu la balle qui lui était destinée.

Cela faisait trois jours que la presse avait appris leur relation – un cadeau de départ de la part de Kevin McKee avant qu'il ne soit arrêté pour conspiration et tentative de meurtre sur la personne du président.

Deux jours depuis que les résultats de l'enquête d'Emmy avaient confirmé le passé et l'amitié entre Max Neal et Kevin McKee.

Emmy était finalement sortie du coma la veille. Ils l'avaient opérée et la balle avait été extraite mais elle avait perdu tellement de sang que son état était toujours critique.

Lucas Harper était resté au chevet d'Emmy et autorisa enfin Orin à se rendre à l'hôpital. Lucas avait demandé à l'équipe de ne pas gêner le travail du service. La presse en avait eu vent bien sûr et les médias avaient largement spéculé jusqu'à ce que Kevin confirme les rumeurs.

Orin se tenait maintenant face aux journalistes et s'apprêtait à faire la plus importante déclaration de sa vie politique. « Je vous remercie d'être venus, mesdames et messieurs. Je ferai une rapide déclaration et vous pourrez ensuite poser toutes vos questions. »

Il s'éclaircit la voix et se redressa de toute sa hauteur, les mains posées à plat sur le pupitre. « Il y a une semaine, ma vie a été menacée et c'est un agent des Services Secrets, absolument exemplaire, qui m'a sauvé de la balle de l'assassin. Son nom est Emerson Sati. Emmy. Emmy est son nom et elle est non seulement un héros national mais également la femme que j'aime. Il y a quelques jours, l'ex Directeur de la Communication Kevin McKee a été arrêté pour conspiration grâce à l'enquête menée par Emmy, qui a révélé qu'une menace pesait sur moi. McKee avait laissé fuiter quelques jours auparavant les détails de ma relation avec Emerson Sati. »

Orin, le visage calme et sombre, regarda chacun des membres de la presse. « Et certains d'entre vous ont tenté de détruire l'image d'Emmy sur la base de rumeurs et de racontars. Vous savez qui vous êtes ? Honte à vous. *Honte* à vous. Cette jeune femme est une héroïne. Vous l'avez dépeinte comme une aventurière croqueuse de diamants non professionnelle. Honte à vous. Donc, pour votre information, l'histoire est vraie, même si elle ne vous concerne en rien. »

Orin décela la présence de Moxie, manifestement inquiète de ce qu'il s'apprêtait à dire mais il n'avait plus rien à perdre.

« Je suis tombé amoureux d'Emmy à la minute où je l'ai vue. Au cours des nombreuses semaines écoulées depuis notre rencontre, nous avons pu discuter et il a vite été évident qu'une attraction mutuelle nous poussait l'un vers l'autre. Il y a un mois environ, nous avons commencé une relation sexuelle discrète. L'Agent Sati a estimé qu'elle devait se récuser, c'est ironique, de ma garde rapprochée et s'est concentrée sur l'enquête sur les menaces pesant sur moi et le rapport avec l'attentat à la bombe de l'Université du Maryland. L'Agent Sati a également informé ses supérieurs de notre relation et a présenté sa démission, qui a été refusée par Lucas Harper – et je ne serais plus en vie aujourd'hui s'il l'avait acceptée. »

Orin marqua une pause. « J'ai reçu depuis ces quelques dernières semaines ne nombreux conseils concernant la personne que je devrais aimer, le type de femme qu'elle devrait être, ce que le peuple américain est prêt à accepter. Je vous le dis aujourd'hui... hier soir, j'ai demandé la main d'Emerson Sati. *Votre* Première Dame. Et si vous estimez qu'une héroïne américaine n'est pas digne d'être Première Dame... ne vous gênez pas et ne me réélisez pas dans trois ans et demi. Maintenant, je prendrai les questions. »

DE L'AUTRE côté de la ville, à l'hôpital George Washington, Marge et Tim jubilaient suite aux paroles prononcées par le président tandis que le regard rivé sur l'écran, Emmy souriait béatement, les joues écarlates. Telle une dose de morphine pure, les paroles d'Orin la touchèrent en plein cœur.

Marge l'encouragea à raconter la suite de l'histoire commencée par Orin en direct. « Alors ? Allez, ne nous fais pas attendre plus long-temps. Qu'as-tu répondu ? »

Les yeux d'Emmy braillaient d'émotion. « J'ai dit oui, bien sûr, » répondit-elle tout doucement. Marge ne put s'empêcher de la prendre et la serrer entre ses bras, sa joie ayant occulté les blessures d'Emmy.

« Oups, désolée Emmy. Oh, Em... *Première Dame...* »

« Putain, tu n'accepteras plus de fréquenter de gens comme nous maintenant. » Tim lui sourit et elle fut rassurée de ne voir ni rancune ni reproche dans ses yeux.

« En effet, » dit-elle d'un air dédaigneux. « En fait, qui êtes-vous, vous ? Comment êtes-vous entrés ici ? » Elle gloussa en les voyant lui tirer tous les deux la langue – Marge et Tim s'entendaient comme larrons en foire. Tim hocha la tête sérieusement.

« Écoute... ils sont au courant pour tes pets chroniques ? »

« Et les ronflements. N'oublie pas les ronflements. »

« La kleptomanie, » ajouta Tim provoquant l'hilarité de Marge.

« Et les magazines de fétichisme. »

Emmy ricana. « Tu veux dire National Geographic ? »

« Ceux-là, oui. »

Emmy écoutait leurs taquineries incessantes mais fut rapidement terrassée par le sommeil. Lorsqu'elle se réveilla, Tim et Marge avaient quitté la chambre mais tout près d'elle, ses doigts entrelacés avec les siens se tenait son fiancé. Son Orin. L'homme qu'elle aimait.

« Coucou, toi. »

Il leva les yeux vers elle et tout son visage s'illumina. « Ma beauté. Comment te sens-tu ? »

« Tellement mieux après avoir vu ta conférence de presse. Tu les as bien bousculés. »

« Ils le méritaient. » Il caressa sa joue. « Emerson Sati, sais-tu à quel point je t'aime ? »

« Au moins autant que je t'aime, Monsieur le Président. »

Orin sourit malicieusement. « Tu peux répéter ça, Emmy ? Je commence en croire que j'ai une bonne étoile. Veux-tu m'épouser ? »

« Nan, j'ai réussi à choper le Président des Etats Unis. J'ai touché le gros lot. » Elle gloussait de sa blague et Orin se mit également à rire.

« Sérieusement, » commença-t-il, « Ça ne va pas être une promenade de santé à partir de maintenant. Tu veux vraiment en être ? »

« Avec toi ? Bien sûr. Faisons changer les choses. » Elle grimaça en étendant le bras pour actionner le bouton de sa pompe à morphine. « Orin... raconte-moi encore pour Kevin McKee. Je ne suis pas sûre d'avoir tout compris l'autre jour. »

« Tu avais raison. Il avait bien servi en Iraq à la même période que Max Neal. Nous avons fini par obtenir de l'Armée confirmation qu'ils avaient été impliqués dans un affrontement avec une bande de jeunes irakiens. Les choses ont dégénéré. Pour résumer, Neal a porté le chapeau pour Kevin, qui a obtenu que son dossier militaire soit scellé – incroyable ce que l'argent permet d'obtenir – et oui, il nous a tous bien eus. »

« Pourquoi en avait-il après toi ? »

Orin secoua la tête. « Ce n'est pas après moi qu'il en avait. Je ne représentais que l'enjeu du chantage exercé par Max Neal. Kevin a raconté à l'agence qu'il surveillait Neal lui aussi et que, s'il l'avait repéré le premier, c'est Neal qui aurait reçu la balle. » Orin soupira, passant tendrement la main sur son front. « Mais il a envoyé ces hommes pour vous tuer, toi et Martin Karlsson. Il pensait que Max Neal avait parlé à Karlsson de l'incident intervenu en Irak – et que Karlsson en avait discuté avec toi. »

« Seigneur... » Emmy eut haut-le-corps de peur rétrospective. Elle avait laissé entrer cet homme dans son appartement. Orin secouait la tête

« Kevin a avoué s'être rendu chez toi pour te tuer, mais une fois sur place, il dit qu'il n'a pas pu. »

« C'était un avertissement. Quel idiot, ça n'a fait que me pousser à enquêter sur lui. » Emmy soupira. « Donc, finalement, ça n'avait pas grand-chose à voir avec Ellis ? »

« Et non. Mais tu as payé le prix fort et j'en suis désolé. »

« Allons, » répondit-elle avec un doux sourire. « Je vais m'en remettre, Orin. Et s'il fallait reprendre cette balle pour toi, je le ferai sans hésiter. »

Orin sourcilla et posa délicatement sa main sur le ventre d'Emmy. « A partir de maintenant, Emmy, je te promets que tout sera plus simple. Cela dit, nous avons une bataille à mener à bien. »

Emmy lui fit un grand sourire. « A part ça, quoi de neuf ? »

CHAPITRE VINGT-CINQ

U*n mois plus tard...*

UNE FOULE de journalistes attendait Emmy à sa sortie de l'hôpital et elle sentit une vague de nervosité l'envahir. Moxie et Issa l'avaient entraînée à répondre à toutes questions qu'on pourrait lui poser et Emmy réalisa qu'il en serait désormais toujours ainsi dans cette nouvelle vie. Elle regarda Orin, le regard chargé d'anxiété mais il tenta la rassurer en lui souriant et en lui prenant la main.

« Ne t'inquiète pas, bébé, » dit-il à voix basse. « Ça va être facile. »

Elle apprécia son mensonge mais savait qu'il ne s'agissait que de la première épreuve. L'hôpital avait insisté pour que sa politique soit respectée et elle dû le quitter en fauteuil roulant, Orin avait insisté pour pousser Emmy lui-même.

À la grande surprise d'Emmy et d'Orin, Moxie avait été d'un grand soutien. « Bien, c'est très bien. Si nous devons nous engager, nous devons nous assurer que tout le monde nous suit. Et les images vont être bonnes. » Elle considéra Emmy avec un regard chargé d'excuses. « Désolée, Em, mais à partir de maintenant, ça rentrera dans toutes nos considérations. »

« Je sais, » répondit Emmy, l'estomac pourtant noué.

Elle éprouvait déjà une certaine panique à l'idée que Lucas n'était plus son patron mais son protecteur. Ils avaient tous deux été très attristés le jour où elle avait dû abandonner son travail à l'agence.

« Mais, Lucas, tu peux compter sur moi pour utiliser mon statut pour soutenir l'agence. »

Lucas avait souri. « Je n'ai aucun doute là-dessus, Em. »

« Je suis navrée de t'avoir mis dans une situation gênante et de t'avoir laissé tomber. »

Il la regarde bouche bée. « Tu n'as rien fait de tout ça, Emerson Sati. Tu as sauvé la vie du Président des Etats Unis. Ton travail d'enquête nous a permis de traîner un traitre en justice. Tu as été un véritable atout au sein du Service. »

« À part le fait d'avoir couché avec le président. » Elle ne put s'empêcher de sourire à ses paroles. « Merci, Lucas. Pour tout. Pour la façon dont tu m'as soutenue après la mort de Zach, pour avoir été mon mentor »

ALORS QU'ORIN poussait son fauteuil roulant, Emmy prit une grande inspiration. Il se pencha pour embrasser sa joue. « Je t'aime, » murmura-t-il, « plus que tout. »

Emmy leva les yeux vers lui et lui dit combien elle l'aimait avant se reporter son regard sur la foule et faire face à son avenir.

Fin

❀ Réalisé avec Vellum